AF279882

Bibliografische Information der Deutschen Nationalbibliothek
Die Deutsche Nationalbibliothek verzeichnet diese Publikation in
der Deutschen Nationalbibliografie; detaillierte bibliografische Daten
sind im Internet über http://dnb.d-nb.de abrufbar.

ISBN: 9783837026498
Herstellung und Verlag: Books on Demand GmbH, Norderstedt
Text, Gestaltung, Titelfoto und Satz: Dietmar Haiduk
Foto Rückseite: Marc Wiesenthal

Leseproben auf www.jeffy.probelesen.info

Dietmar Haiduk

Jeffy & Bernadette

Das Drehbuch zum nie gedrehten Film.

Die Geschichte.

Jeffy hat, was man für ein glückliches Leben braucht: Er ist jung, lebt mit einer Frau zusammen, die ihn mehr liebt, als jeden anderen Mann und auch die kleine Tankstelle, die er besitzt, wirft genug zum Überleben ab. Nichts Besseres könnte ihm also passieren – wäre die Tankstelle nicht marode, die Gegend nicht von Menschen leer gezogen und die Frau an seiner Seite keine zwanzig Jahre älter.

Jeffy will weg, aber er ist blind und da verlässt man nicht so einfach, was einem vertraut ist. Also richtet sich Jeffy ein: mit coolen Sprüchen, abgedunkelter Brille und illegalem Glücksspiel. Er klammert sich an das, was ihm die Jahre über geblieben ist und versucht ein normales Leben. Bis die Trennung und der Abschied nur umso schmerzhafter und endgültiger sein können.

Dass Jeffy seit der Explosion von Benzinfässern, bei dem auch sein Vater vor vielen Jahren ums Leben kam, erblindet ist ahnt keiner, der ihn nicht wirklich kennt. Jeffy hat sich perfekt arrangiert mit seiner dunklen Welt: Nur auf seinem eigenen Grund und Boden kennt er sich wirklich aus. Fremden präsentiert er sich unter der ewig dunklen Brille als ein sich selbst inszenierender Macho mit coolen, manchmal witzigen Sprüchen. Und als einer, der über jedes Auto mit dessen Besitzern ins Gespräch kommt – weil er es flink ertastet oder einfach an Motorengeräuschen und Benzingeruch erkennt.

Bernadette, mit guter Figur und dunkelhaarig, führt Jeffy Tag für Tag, Jahr für Jahr, durch die Dunkelheit eines Blinden. Das ist Jeffy Hilfe genug. Beide geben sich ihren verzehrenden Gefühlen hin, als gelte es, der Tristesse des sie umgebenden Lebens eine unbeherrschte, animalische Liebe entgegenzusetzen. Und so treiben sie es allabendlich, fast ritualisiert, auf eben jenem Roulette-tisch im Keller der Tankstelle, an dem die Jugendlichen der Umgebung – ebenso allabendlich, kurz zuvor – Abwechslung von der Eintönigkeit ihres Lebens suchen.

Früher war Bernadette die Geliebte seines Vaters. Nach dessen Tod blieb sie und wurde einfach Jeffys Geliebte. Dass daraus nach Jahren unmerklich Ansprüche aufeinander entstanden – auch eine fast zwanghafte Bindung –

merken beide erst, als Neues einbricht in die abgeschiedene Idylle aus Alltäglichkeit, Einfachheit und Ruhe.

Mit Wallmann, einem aufdringlichen Investor aus Deutschland, der das Land unter der Tankstelle als Baugrund beansprucht, taucht eine neue Frau in Jeffys Leben auf: Ihr Name ist Hanna.

Jung, charmant und unterhaltsam treibt sie ihr Spiel perfekt: Sie flirtet, verführt und dient so in Wallmanns Auftrag dem Immobiliengeschäft. Jeffy ahnt nicht, dass Hanna auf ihn angesetzt ist, um ihn zum Verkauf der Tankstelle zu überreden und ihn auf diese Weise aus der Gegend zu vertreiben.

Jeffy verliebt sich in diese Frau, die so ganz anders ist als Bernadette, der nun – an den Rand gedrängt – nach Jahren der Verlässlichkeit, der Boden unter den Füßen wegzubrechen droht. Bernadette weiß: Nichts bliebe ihr noch, sollte sich Jeffy irgendwann tatsächlich mit dieser neuen Hanna auf und davon machen.

Und so klammert sie sich an ihren Jeffy. Der Blinde, der sie braucht, um zu leben, begreift nun, dass auch Bernadette ihn braucht, um zu leben. Eifersucht bricht hervor, während die Idylle der vergangenen Jahre in Ketten gelegt wird. Bernadette, zu alt und aufgebraucht für einen Neuanfang, will retten, was längst verloren ist. Jeffy aber will dieser Umklammerung entkommen. Ab diesem Moment sind alle gezwungen, ihr Leben zu überdenken: Jeffy, Bernadette und auch Hanna.

Als diese ihr schändliches Spiel später begreift, ist sie längst in Jeffy verknallt, kündigt ihrem Auftraggeber Wallmann und zieht kurz darauf in den Wohnwagen des völlig überraschten Jeffy ein. Das Gekeife zwischen ihr und der Rivalin Bernadette beginnt …

Jeffy aber, des nicht enden wollenden Streits der Widersacher überdrüssig, geht schließlich auf eine Forderung Wallmanns ein: Eines Nachts treffen sich beide am illegalen Roulettetisch und spielen um die Tankstelle – jenen Ort, der für Jeffy vor allem Ort seiner Kindheit, seines Lebens und damit bisheriger Sicherheit und Vertrautheit bedeutete. All das steht in jener letzten Nacht auf dem Spiel.

Jeffy gewinnt, aber glücklich ist er nicht wirklich. Denn nichts ist mehr, wie es war und nichts hält ihn also mehr. So verlässt er den Ort. Nicht mit Bernadette, aber auch nicht mit Hanna. Irgendwo, weit weg, hofft er auf ein anderes Leben für sich.

Jeffy & Bernadette ist eine spröde Geschichte – spröde erzählt. Weite Landschaft, karge Bilder. Entsättigte Farben. Prall von animalischen Gefühlen, Liebe, Leidenschaft und dem gegenseitigen Versteckspiel voreinander. Ein ständiger Wechsel von Stimmungen, auch in Bildern und Musik: Ruhe und Gelassenheit gegen explodierende Sequenzen, selbstinszenierte Eitelkeiten gegen tränenreichen Schmerz. Trashige Musik gegen Stille. Nichts aber bleibt dem Zuschauer voraussehbar: die Geschichte der Figuren nicht und auch nicht sein Lachen oder Weinen am Ende des Films.

Außen. Tag. Weite Landschaft.

Wälder und Felder im Nordosten Polens. Marode Gehöfte stehen vereinzelt. Zwischen weiß blühenden Fliederhainen schimmert ein kleiner, klarer See. Am Ufer jagen wilde Pferde über Brachland. Die Hitze flirrt. Grillen zirpen.

Außen. Tag. Feldweg und Landstrasse

Staub wirbelt auf. Das monotone Quietschen einer Holzdeichsel ist zu hören. Pferdehufen schlagen dumpf auf Waldboden. Auf einem Fuhrwerk döst ein alter Mann (80). Eine asphaltierte Straße beginnt, das Pferd trabt aus. Der Alte schlägt die Augen auf. Vor ihm steht ein Wegweiser an der Einmündung zur Straße - schilderlos. Der Alte klettert vom Wagen. Er hebt das verwitterte Schild vom Boden auf und nagelt es fest: In verblasster Sütterlinschrift weist darauf das Wort „Allenstein" zum Horizont. Der Alte will aufsitzen, besinnt sich aber und kehrt noch einmal zurück. Er dreht das Schild um. In polnischen Lettern steht nun: „Olsztyn". Der Alte steigt endlich auf. Das Fuhrwerk biegt auf die Straße ein.

Plötzlich: Von hinten donnert ein riesiger Lastwagen über die Landstraße. Weit ausholend umrundet er das Fuhrwerk. Der Fahrtwind zerrt. Das Pferd stockt. Der Alte schreckt hoch. Auf der Ladefläche seines Wagens wirbelt eine Plane auf: darunter wird eine mannshohe, eiserne Büste sichtbar. Der Lastwagen entfernt sich schnell. Auf dessen Ladecontainer wirbt ein übergroßes Hochglanzbild für deutsche Einrichtungshäuser.

Zur selben Zeit, am anderen Ende der Straße: Ein weißer Porsche – Baujahr 1960, verrostet und verbeult – kommt die Straße herauf. Der Wagen fährt stotternd im Zickzackkurs. Immer wieder holpert er gefährlich über Grasnarben am Straßenrand.

Innen. Tag. Im Porsche.

Jeffy sitzt am Steuer: Er ist 30 und von kräftiger Gestalt, Drei-Tage-Bart und rötliche, strubbelige Haare. Seine monströse Sonnenbrille setzt Jeffy nie ab – denn Jeffy ist blind. Neben ihm sitzt Bernadette (48). Die Haare hängen lang und strähnig. Sie trägt einen schlampigen Pullover und ausgebeulte Jeans. Bernadette blinzelt ängstlich auf die Straße, die vor ihnen liegt. Der Wagen schlingert über die Mittellinie ... Bernadette schreit entsetzt auf.

Bernadette: Langsam, langsam! Jeffy!?!

Sie greift ins Lenkrad. Jeffy drängt Bernadette lächelnd von sich.

Bernadette: Vorsicht! Und links! – Oh, Scheiße!

Jeffy gibt Gas. Bernadette klammert sich schreiend ans Armaturenbrett. Sie schließt die Augen. Der Wagen rast auf einen Baum zu. Im letzten Moment zieht Jeffy den Wagen zur Straßenmitte. Der Kühlergrill reißt Buschwerk heraus. Äste kratzen an Lack und Fensterscheibe. Plötzlich: Hinter einer Kurve taucht der riesige Lastwagen mit der Hochglanzwerbung auf. Bernadette drückt sich schutzsuchend tief in den Sitz.

Bernadette: Rechts! Rechts!!

Der Lastwagen donnert vorbei. Nur einen Moment zuckt Jeffy zusammen, dann fährt er unbeirrt weiter, ein leichtes Grinsen im Mundwinkel.

Bernadette: Du Idiot! Du verfluchter Idiot.

Jeffy hält schweigend das Lenkrad auf Kurs. Er genießt das Autofahren.

Außen. Tag. Hotel Wallmann

Einige hundert Meter jenseits der Landstraße: Am Ende eines gepflasterten Weges liegt ein ehemaliger Landwirtschaftshof. Auf dem großflächigen Areal stehen mehrere Gebäude – die meisten seit der politischen Wende Ende der Achtziger Jahre verlassen. Ein Seitenflügel des Gutshauses ist zu einem Hotel mit Blumenkästen und kleinkarierten Gardinen saniert. Auf einem Baugerüst restaurieren zwei Handwerker Stuckarbeiten. Baumaterial und Gerätschaften stehen umher.

Eine Frau sitzt in der Sonne. Sie trägt lange, blondgelockte Haare und ein frech-fröhliches Grinsen im Gesicht. Ihr enges Kleid und ihre Stöckelschuhe wirken unpassend unbequem für die Baustelle. Hanna (22), die neue Mitarbeiterin des Hotelbesitzers, hat die Augen geschlossen. Plötzlich aber wird die idyllische Ruhe gestört. Eine kräftige Stimme ruft aus dem Hotel:

Wallmann: Hanna! Hannaaaa!!

Hanna zuppelt ihre Haare zurecht und zieht das Kleid über die Knie, ohne die Augen zu öffnen. In diesem Moment taucht auf der Landstraße der Porsche auf. Das Geschrei Bernadettes hallt herüber. Jetzt schlägt auch Hanna die Augen auf. Nur ihr Blick folgt dem Auto, das auf den gepflasterten Weg einbiegt. Auch der Lastwagen kehrt zurück. Er stoppt, biegt dann ebenfalls ein und nähert sich dem Hotel. Vom Motorengeräusch der Autos aufge-

schreckt erscheint Bauherr und Hotelbesitzer Wallmann (42). Er knallt Hanna eine Präsentationsmappe in den Schoß.

Wallmann: Werfen sie ein Blick rein! Dann wissen sie gleich, was sie hier erwartet. Und vor allem - was *ich* von Ihnen erwarte.

Wallmann hangelt über Holzbohlen dem Lastwagen entgegen. Noch einmal eilt er zurück. Er tritt nah an Hanna heran und hält ihre langen, blonden Haare hoch.

Wallmann: Das trägt man ein bisschen lockenfreier bei uns. Na ja, das wird schon ...

Er starrt ihr einen Moment mit einem frechen, anzüglichen Blick in die Augen, dann eilt er weiter. Hektisch weist er den Fahrer ein. In diesem Moment dringt ein erneuter Schrei von Bernadette herüber, denn entfernt parkt Jeffy ziemlich rasant ein.

Wallmann: Solche Chaoten verschrecken die besten Gäste! Los, Hanna, ran jetzt! Beeilen sie sich wenigstens!

Wallmann reißt ungeduldig die Plane des Lastwagens beiseite. Er springt auf die Ladefläche und reicht Gartenmobiliar herunter. Hanna müht sich ohne große Begeisterung. Ihr Blick gilt nur noch Jeffy – jener machohaften, männlichen Erscheinung.

Außen. Tag. Tankstelle.

In entfernter Nachbarschaft zum Gutshof steht eine kleine Tankstelle – in früheren Zeiten ein einfacher Tankplatz für Mähdre-

scher. Jede Menge verrostetes Blech und Bauschutt liegen umher. Ein Emailleschild trudelt im Wind, auf dem JEFFYs TANK-STELLE in übergroßen Buchstaben steht.

Jeffy hangelt gewagt auf einer Leiter. Er justiert tastend das Schild. Bernadette entlädt Einkäufe aus dem Auto. Immer wieder wirft sie Jeffy besorgte Blicke zu, denn die Leiter schwankt gefähr-lich. Bernadette trägt unbemerkt eine Geburtstagstorte zum Ver-kaufsraum der Tankstelle. Sie stutzt: An der Tür klemmt ein Briefumschlag. Bernadette überfliegt das Schreiben. Sie eilt zu Jeffy zurück.

Bernadette: Hier, bitte! Pro Woche das Doppelte! Jetzt sind es schon siebzigtausend Euro!

Sie reicht Jeffy den Brief. Obwohl blind, tut er, als lese er.

Jeffy: Du hast eine Null vergessen!

Bernadette greift ungläubig nach dem Brief. Jeffy grinst. Bernadette begreift.

Bernadette: Du Idiot! Bis sie dich von Grund und Boden jagen!

Jeffy — unbekümmert — schraubt tastend weiter. Bernadette entlädt den Wagen. Sie lässt nicht locker und deutet auf das Tankstellenschild:

Bernadette: Und überhaupt ...! So ein riesiges Schild fällt nicht von alleine ab.

Jeffy winkt ab.

Jeffy: Wer ein Haus einreißen will, beginnt am Dach, nicht am Türschild!

Bernadette will etwas erwidern, zögert aber. Sie blickt sich ängstlich um. Jeffy spürt ihre Unruhe.

Jeffy: Wer den Laden will, muss gut zahlen. Soviel kann keiner aufbringen.

Bernadette: Und wenn doch?

Jeffy: Dann teilen wir und fangen neu an.

Bernadette lacht schrill auf. Jeffy ist mit der Arbeit fertig. Er tastet sich die Leiter herab. Jeffy ignoriert Bernadette, die ahnungsvoll verstummt. Sie blickt ihm irritiert nach. Sie sieht nicht: Jeffy grinst in sich hinein. Er tastet sich an der Hauswand entlang zum Verkaufsraum.

Tag. Innen. Verkaufsraum der Tankstelle.

Jeffy betritt den kleinen, voll gestellten Verkaufsraum. Auf dem Tresen brennt die Geburtstagstorte: 30 Kerzen zischeln leise. Bernadette steht daneben, sie lächelt Jeffy stolz entgegen. Der lauscht dem Zischen der Kerzen und nähert sich ungläubig. Mit den Händen erspürt er die Wärme der Flammen. Er ertastet sein speziell angefertigtes Kalenderbrett mit Holzkugeln für Tage, Wochen und Monate. Bernadette legt eine weitere Kugel dazu.

Jeffy: Ohne dich verpasse ich noch meinen Tod.

Jeffy sucht Bernadette. Er zieht sie an den Schultern zu sich. Er will sie umarmen, aber Bernadette entweicht seiner Nähe. Sie bläst die Kerzen aus und gibt sich besorgt.

Bernadette: Das läuft nur alles breit.

Jeffys Hände suchen enttäuscht die Wärme. Bernadette beachtet ihn nicht. Jeffy erwidert trotzig.

Jeffy: Dann fress' ich eben Wachs!

Bernadette registriert den aggressiven Ton. In diesem Moment nähert sich vor der Tankstelle ein Auto. Bernadette lugt durch die Tür, sie flüstert Jeffy zu:

Bernadette: Hippies. Oder so was ...

Jeffy: Na, erst einmal ist es Kundschaft!

Jeffy drängt sie beiseite und tastet sich hinaus ins Freie.

Außen. Tag. Tankstelle.

Ein klappriger, amerikanischer Chevi biegt auf die Auffahrt. Zwei finnische Althippies (45), auf der Rückreise von einer langen Weltumrundung, lümmeln in den Sitzen. Ihr Auto ist ihr Zuhause: Plüschbezüge, abgetropfte Kerzen auf den Ablagen, Lichterketten und allerlei Tand. Jeffy folgt dem Motorengeräusch. Plötzlich schallt Musik aus den riesigen Autoboxen.

Jeffy: Hey, ein 60er Chevi! Mit Stahlfelgen und Tank hinten rechts!

Jeffy tastet sich, scheinbar fasziniert von Chrom und Metall, zum Tankstutzen vor. Die wohlbeleibte Hippiefrau „quillt" auf der Fahrerseite aus dem Auto. Sie spricht ein Mix aus Finnisch, Deutsch und Englisch.

Hippiefrau: Hey, cool eh, deine Brille ist total cool, eh!

Jeffy betankt den Wagen.

Jeffy: Das ist eine *very original Jeffy-Brille*

Hippiefrau: Und du bist auch total cool - eh, man, eh! Bei der Brille tipp' ich auf Jimi! Du stehst auf bestimmt auf old Jimi!?

Die Frau tänzelt bekifft umher. Sie trommelt eine Musik von Jimi Hendrix aufs Auto. Jeffy lauscht amüsiert, dann trommelt er mit.

Jeffy: Jedenfalls. 97,50. Passend, wenn's geht.

Die Hippiefrau wendet sich zu ihrem Beifahrer.

Hippiefrau: Hey, Lex! Let's take him along! He's sooo cool!!

Aber der Hippiemann blickt sie nur müde an.

Hippiefrau: Och, komm! *(Sie flüstert Jeffy leise ins Ohr.)* Und wenn du einfach einsteigst? Com'on!

Für einen Moment zögert Jeffy tatsächlich. Die Hippiefrau zieht ihn tänzelnd zum Wagen. Bernadette verfolgt entfernt das Trei-

ben. Jeffy lauscht zu ihr hinüber. Dann ruft er ihr über die Schulter zu.

Jeffy: Soll ich? Willst du? Soll ich? Wollen wir beide mit?

Aber Bernadette schweigt. Jeffy zögert, dann reißt er sich von der Hippiefrau los.

Jeffy: Verpisst euch!

Die Hippiefrau steigt schnell ein, fast ein bisschen ängstlich. Der Wagen knattert davon. Jeffy lässt die Münzen, sie dabei zählend, durch seine Finger gleiten.

Innen. Tag. Verkaufsraum.

Bernadette und Jeffy sitzen hinterm Verkaufstresen. Bernadette zählt und schichtet Kleingeld. Sie notiert die Summen in einem Kassenbuch. Bernadette freut sich über das viele Geld.

Bernadette: Mensch, ein neues Dach, neue Tanks! Und feste Hütten für dich und mich?!

Jeffy ritzt Kontrollmarkierungen auf eine Holzablage neben der Kasse. Eine beachtliche Menge ist dort bereits notiert. Bernadette beobachtet ihn kopfschüttelnd, wie er mit den Fingern an den Markierungen entlang fühlt und mit dem Mund stumm Summen addiert.

Bernadette: Wir leben seit zwanzig Jahren im Dreck! Dein Vater hat sich wenigstens aus dem Staub gemacht, bevor ihn das Dach erschlagen konnte.

Jeffy: Vier Jahre noch, vielleicht auch fünf.

Bernadette klappt enttäuscht das Kassenbuch zu. Sie geht hinaus. Jeffy spricht leise zu sich:

Jeffy: Vielleicht sechs. Vielleicht sieben. Vielleicht auch acht.

Ein Krachen im Dachgebälk reißt Jeffy aus seinen Gedanken: Er zählt weiter die Geldmünzen. Bernadette steht rauchend vorm Schaufenster, sie beobachtet Jeffy unbemerkt. Der schlägt das Kassenbuch auf. Er tastet die Zeilen ab, aber seine Worte schreibt er dennoch nur hilflos quer über die Seite. Wütend knallt er das Buch in die Ecke.

Jeffy: Bernadette!!!

Bernadette betritt leise den Verkaufsraum. Sie hebt das Buch auf, setzt sich zu Jeffy und hilft ihm geduldig beim weiteren Schreiben.

Außen, Innen. Dämmerung. Verkaufsraum.

Die Sonne geht unter. Auf dem Platz vor der Tankstelle fliegen riesige Krähenschwärme umher. Bernadette schleppt Reklameaufsteller in den Vorraum. Jeffy döst hinterm Tresen. Er lauscht beunruhigt den Krähen. Plötzlich richtet er sich auf:

Jeffy: Was ist mit den Vögeln?

Bernadette: Die fliegen und fliegen und merken erst in der Luft, dass die Sonne längst weg ist. Sie sinken zu Boden, bis es sie wieder zum Fliegen treibt.

Jeffy schweigt.

Bernadette: Das macht Krähen verrückt, wenn Oben nicht oben und Unten nicht unten ist.

Jeffy ignoriert ihre Bedenken.

Jeffy: Du wirst alt und sentimental.

Bernadette verschließt die Tür. Jeffy horcht auf. Er tastet die Zeiger eines übergroßen Plastikweckers ab.

Bernadette: Es ist zehn. Und wir haben Sonntag.

Dennoch fingert Jeffy ungläubig über seinen Kugelkalender. Bernadette wartet in der Tür.

Bernadette: Wir *sind* allein. Heute kommt keiner.

Jeffy lächelt gezwungen. Autogeräusche ziehen in der Ferne vorbei. Jeffy legt die Geldkassette in den Wandtresor. Er klappt ein Wandbild davor: die Tankstelle, in Öl gemalt, ist darauf zu sehen. Das Bild zeigt, wie es sein könnte – in idyllischeren Zeiten. Bernadette verschwindet ungeduldig im Hinterzimmer. Jeffy folgt.

Innen. Nacht. Spielkasino.

Ein abgedunkeltes Kellerzimmer hinterm Verkaufsraum ist zu einem illegalen Spielkasino umgebaut. Im dämmrigen Licht sind

Bartresen und Spieltische zu erkennen. An den Wänden hängen „Einarmige Banditen". Ein Roulettetisch ist mit rotem Samt verhüllt. Bernadette sitzt auf dem Tresen, die Beine übereinandergeschlagen. Jeffy steuert zielsicher auf sie zu.

Jeffy: Was mache ich bloß, wenn du eines Abends mal nicht mehr hier sitzt?

Bernadette: Es wird mich immer geben.

Bernadette drückt seinen Körper an sich. Zunächst nur zögerlich lässt es Jeffy geschehen, dann packt er umso derber zu. Beide schieben rücksichtslos den Tresen entlang, darauf, dahinter. Ihre Körper berühren Schalter. Neonlicht flackert auf und erhellt kalt den Raum. Jeffy legt Bernadette über den Tresen. Beide treiben es miteinander. Ein Wasserschlauch reißt ab, das Spülbecken läuft über. Wasser plätschert zu Boden ...

Beide lassen ab von einander, ohne sich anzublicken, und ordnen ihre Kleidung. Jeffy setzt sich auf einen Stuhl. Er tastet am Boden nach seiner Brille. Bernadette reicht sie ihm wortlos. Jeffy tastet sich durch Stuhlreihen zur Tür.

Jeffy: *(verschmitzt)* Was machst *du* eigentlich, wenn es *mich* eines Tages nicht mehr gibt?!

Er grinst, erwartet aber keine Antwort. Bernadette wirft lachend mit einer Zigarettenschachtel nach ihm. Jeffy rettet sich hinaus. Bernadette räumt Gläser beiseite. Sie greift nach einer Flasche Wein und gießt sich ein. Sie kippt gierig mehrere Gläser hinter. Bis sie sich, nach Luft japsend und hustend, über den Tresen krümmt.

Außen. Nacht. Tankstelle.

Die Tankstelle liegt verlassen und still. Am Horizont dämmert es. Ein einzelner Vogelschrei. Auf der Landstraße trottet der Hund heran. Er hört auf den Namen: Feli. Jeffy streicht durch das flauschige Fell. So liegen beide, ineinander verschlungen, auf der Landstraße. Hinter der Tankstelle geht die Sonne auf: In Jeffys Brillengläsern reflektiert das erste Morgenlicht.

Außen. Tag. Bauwagen.

Am nächsten Morgen. Die Sonne strahlt hell. Jeffy klettert aus seinem Bauwagen hinter der Tankstelle. An einem hölzernen Trog wäscht er sich prustend. Die Tankstelle liegt verlassen: Nirgends ist ein Auto zu sehen. Jeffy öffnet Jalousien, entleert Abfälle, richtet Werbeschilder aus. Endlich: Ein Auto nähert sich. Jeffy unterbricht erwartungsvoll seine Arbeit. Aber: Das Motorengeräusch verebbt wieder, der Wagen fährt vorbei. Jeffy verschwindet in den Verkaufsraum. Bernadette lehnt in der Sonne. Sie genießt mit geschlossenen Augen die Wärme.

Plötzlich: Entfernt knallt eine Autotür zu, Bernadette schreckt auf. Vor ihr steht, scheinbar geräuschlos aufgetaucht, ein knallrotes VW-Karmann-Cabriolet, Baujahr 1965. Hanna, die Assistentin von Hotelbesitzer Wallmann aus der Nachbarschaft, steigt aus und nähert sich der Tankstelle. Ihre Stöckelschuhe schlagen den Takt. Bernadette steht regungslos. Hanna reicht ihr die Autoschlüssel, ohne Bernadette eines Blickes zu würdigen.

Hanna: Obsie bitte das Öl checken? Sie kennen das ja: Kaum weiß man, wo das Gas liegt, fährt man schon wieder einen neuen Wagen!

Hanna schlendert, scheinbar gelangweilt, um die Tankstelle. Immer wieder stolpert sie auf dem unwegsamen Gelände. Bernadette starrt Hanna sprachlos nach.

Innen. Tag. Verkaufstraum der Tankstelle.

Jeffy hantiert an der Verkabelung der Registrierkasse. Plötzlich wird er auf das Klappern der Absätze draußen aufmerksam. Das Geräusch bewegt sich ums Haus. Durchs offene Fenster verfolgt Jeffy die Schritte. Er dreht sich im Kreis, dem Geräusch nach. Schließlich hastet er zum rückseitigen Fenster, aber die Schritte tauchen nun an einem Seitenfenster auf. Jeffy hetzt zurück. Plötzlich sind die Schritte am Lagereingang zu hören. Jeffy tastet sich nach hinten durch.

Außen, Innen. Tag. Tankstelle und Lagerraum.

Hanna hat die Tankstelle umrundet. Vom Schaufenster aus entdeckt sie auf einem Überwachungsmonitor: Jeffy irrt durch die Räume der Tankstelle. Während er nach der unbekannten Person ruft und immer wieder auf Geräusche lauscht — aber Hanna nicht entdeckt, kann sie ihn auf dem Videobild sehen, aber nicht hören.

Außen. Tag. Tankstelle.

Jeffy tastet sich aus der Werkstatt. Er ist beunruhigt.

Jeffy: Bernadette? Was ist das?

Hanna: Bernadette! Tanken sie auch gleich! Vom Öl allein kann keiner leben.

Hanna mustert Jeffy unverhohlen. Bernadette registriert eifersüchtig ihren Blick. Hanna entdeckt den abseits stehenden Porsche. Hektisch kramt sie einen Fotoapparat hervor und drängelt sich vorbei. Jeffy riecht ihrem Parfüm nach.

Hanna: Wauuu! Eine geile Kiste! Ich hab' Euch gesehen! Du weißt schon, gestern. Eh, geil!

Hanna steht für einen Moment reglos vor dem Auto. Abrupt dreht sie sich um und hält Jeffy den Fotoapparat entgegen.

Hanna: Los, komm! Mach ein Foto! Ich hab' sie alle, fast alle! Und die kleine Hanna immer oben drauf, auf dem Kühler!

Hanna drückt Jeffy den Fotoapparat in die Hand. Ohne abzuwarten schwingt sie sich auf den Kühler und schlägt die Beine übereinander.

Hanna: Einfach nur geil ... 3,5 Liter, 117 PS! Die kleine Hanna auf `nem 911er Porsche?! Ich fass' es nicht... --

Hanna posiert. Sie strampelt vor Verzückung mit den Beinen.

Hanna: Okay. Okay. So, genau so! Jetzt! Brauchst nur noch abdrücken!

Aber Jeffy reicht Hanna unbeeindruckt den Fotoapparat zurück.

Jeffy: Stehen ihnen eigentlich immer alle Türen offen?

Jeffy: 3,5 Liter! Und 150 PS! 150! Ledersitze! Erinnern Sie sich: James Dean auf dem Highway? Und die Rückbank voller Frauen ...

Hanna: Die alle nicht wussten, was sie tun.

Jeffy ist irritiert über die unerwartete Schlagfertigkeit.

Jeffy: Welche Frau vergisst nicht gerne, was sie tut?

Er grinst anzüglich. Hanna betrachtet ihn geringschätzend.

Hanna: Hat dir eigentlich schon mal jemand gesagt, dass deine Brille zum Kotzen langweilig ist?!

Jeffy: Das ist eine *very original Jeffy-Brille.*

Hanna: *(sarkastisch)* Und ...? Fällst du ohne die überhaupt noch auf?

Jeffy: 98.23, alles zusammen.

Hanna: Hier, Hundert. Rest für die Brillenkasse.

Hanna zahlt. Sie startet den Motor und rast davon. Jeffy lauscht dem VW-Karmann nach. Nachdenklich geht er zum Lagerraum hinüber.

Innen. Tag. Lagerraum der Tankstelle.

Die spärlich beleuchtete, ehemalige Werkstatt. Ein altes Auto-wrack steht, verstaubt, unter einer Plane. Der Platz wird als Lagerraum genutzt. Jeffy lädt Flaschenkartons auf eine Sackkar-re. Plötzlich nimmt er seine Sonnenbrille ab. Seine Finger fühlen sein entblößtes Gesicht. Bernadette tritt ein, sie beobachtet Jeffy:

Bernadette: Jetzt wirst *du* alt und sentimental.

Jeffy: Ihr Parfüm? Was war das?

Bernadette fühlt sich geschmeichelt.

Bernadette: *(liebevoll)* Veilchen! Ist trotzdem kein Weib für dich.

Jeffy: Hast du gehört? Ihre Schuhe: klack...?

Bernadette: Ich muss nichts hören! Ich habe sie gese-hen: abgelatscht und aufgerissen. Und viele Falten im Gesicht.

Jeffy: Eifersüchtig?

Bernadette: *(sarkastisch)*: Warum denn? Dass ausgerech-net dich jemand will?!

Jeffy lacht laut auf. Bernadette hilft ihm beim Beladen der Karre: schweigend stapeln beide Kartons.

Innen. Tag. Wohnmobile Bernadette.

Bernadette wühlt in den mit allerlei Kram vollgepackten Schubladen einer Kommode. Endlich findet sie, was sie sucht: eine Handvoll Probepackungen nobler Parfümmarken. Dazu zwei vertrocknete Lippenstifte. Bernadette erbricht die Packungen, baut die kleinen Röhrchen vor sich auf und prüft der Reihe nach den Geruch. Sie benetzt ihren Hals mit einem Duft. Sie schminkt ihre Lippen im grellen Rot. Der Farbrest bröckelt, Bernadette verreibt ein kleines Stück mit dem Finger. Sie betrachtet sich in einem halbblinden Spiegel: Die Lippen sind verschmiert und konturlos. Bernadette kramt aus einer Kiste verstaubte 70er-Jahre-Klamotten: Tigerlederhose und Glitzershirt. Bernadette brezelt sich auf, ohne es wirklich zu können.

Außen. Tag. Tankstelle.

Blauer Himmel. Die Sonne brennt. Erste, dunkle Wolken ziehen herauf. Jeffy steht am Werkstatttor. Er hat die Augen geschlossen. Die Brille hat er abgenommen. Jeffy genießt die Wärme. Als ein Motorrad sich der Auffahrt nähert, öffnet er die Augen und setzt die Brille auf. Jeffy lauscht. Aber plötzlich herrscht wieder Stille.

Jeffy: Bernadette!!

Sekunden später: Das Motorrad heult auf und rast davon. Jeffy geht vor zur Tankstelle. Das Motorradgeräusch verebbt in der Ferne. Jeffy lauscht. Feli, der Hund, schlappert Wasser. Neben den Tanksäulen: Auf einem windschiefen Regal stehen Ölkanister. Unter der Sonne weicht der Asphalt auf. Motorenöl schwappt. Eimer zerbersten am Boden. Jeffy springt zur Seite.

Jeffy: Bernadette!!

Bernadette hastet um die Ecke.

Bernadette: Scheiße! Deine Ölkanister!

Öl und Benzin laufen über den Boden. Bernadette hält den sauber durchtrennten Zapfschlauch hoch.

Bernadette: Schau dir das an! Zerschnitten!? Und du hältst mich für verrückt: Das Schild! Der Brief! Jetzt das! Die wollen uns hier weg haben!

Jeffy: Wer ?!! Sag' mir, wer!?

Bernadette knallt ihm die abgetrennte Zapfpistole vor die Füße. Sie verschwindet an Jeffy vorbei. Der riecht ungewohnten Parfümduft. Jeffy dreht sich Bernadette nach. Erst jetzt wird ihr ihr geschminktes Gesicht bewusst. Sie rubbelt sich verlegen den Mund und eilt zu ihrem Wohnmobil. Ihre Schritte verhallen. Jeffy bückt sich. Seine Finger ertasten das beschnittene Schlauchende.

Außen. Tag. Hotel Wallmann.

Dunkle Wolken sind aufgezogen und tauchen alles in ein unwirkliches, düsteres Licht. Alles sieht nach einem Gewittersturm aus. Neben der Hotelterrasse: Teilweise unter einer Plane versteckt, steht das alte VW-Karmann-Cabriolet. Hanna wienert sorgsam die Chromteile. Sie kontrolliert im Rückspiegel ihr Make-up und zuppelt sich ihre Haare zurecht.
Ein Mercedes-Benz nähert sich. Hanna zieht hastig wieder die schützende Plane übers Auto. Als sie ihren Chef erkennt, putzt

sie jedoch unbekümmert weiter. Wallmann entsteigt seinem Auto. Er brüllt gegen die laute Musik aus einem Gästezimmer an.

Wallmann: Hanna! Geld kostet! Lernen sie das! Sonst schaffen sie es nie nach Deutschland!

Wallmann deutet auf die dunklen Gewitterwolken. Eilig klappt er auf der Terrasse Sonnenschirme zusammen. Hanna deckt die Tische ab. Auch sie schreit nun gegen die laute Musik an.

Hanna: Chef? Wie gut kennen sie diesen Jeffkowitz eigentlich?

Wallmann blickt sie fragend an. Hanna deutet zur Tankstelle am anderen Ende des Grundstücks.

Hanna: T-a-n-k-s-t-e-l-l-e! Der Typ!

Wallmann: Ein komischer Kauz ist das …

Wallmann ist im Lärm der Musik kaum zu verstehen. Er setzt noch mal an, winkt aber ab. Ein beleibter Hotelgast, im weiß gerippten Unterhemd, beugt sich aus dem Fenster:

Hotelgast: Hanna!? Bringst` noch `ne Flasche?!

Hanna ignoriert ihn. Wallmann reicht ihr eine Flasche Wein hinüber. Hanna stellt sie trotzig beiseite. Stattdessen klettert sie auf einen Tisch und grölt die Melodie der herausschallenden Musik zum Fenster hinauf. Wallmann beobachtet fasziniert ihre Beine, den leicht schwingenden Körper. Bis Hanna aufgibt. In seinem Blick ertappt, wendet sich Wallmann schnell ab. Hanna springt vom Tisch. Auf ein abendliches Abenteuer hoffend, fragt Wallmann wie nebenbei:

Wallmann: Machst du heute länger?

Hanna zeigt deutlich ihren Unwillen. Wallmann will antworten. Die Radiomusik hindert ihn. Er brüllt zum Fenster hoch.

Wallmann: Müller! Es reicht!

Sofort verstummt die Radiomusik.

Wallmann: *(leise)* Was wollen solche Leute hier?

Sein Blick schweift fasziniert über die Felder, die Straße am Horizont. Wallmann reißt sich aus seinen Gedanken.

Wallmann: Heut' Abend mach ich Nägel mit Köpfen. Ein paar Biere, 'ne Menge Geld und die Tankstelle ist weg. Zehn Ladungen Sand, ein ordentlicher Zaun und meine Gäste reiten sich dort auf dem Areal den Arsch wund. Um ein bisschen Natur auf einem Pferderücken entdecken zu können, zahlen die doch alles...

Hanna langt skeptisch nach der Weinflasche.

Wallmann: *So* macht man Geschäfte.

Er zwinkert ihr zu. Hanna dreht sich um, will gehen. Sie verharrt.

Hanna: *(gespannt)* Wirklich ein komischer Kauz?

Wallmann begreift nicht sofort. Hanna winkt ab und geht. Wallmann blickt ihr nach.

Wallmann: Hanna!?

Hanna kehrt zurück. Wallmann klaubt ein langes, dunkles Haar von ihrem Rücken. Er hält es demonstrativ gegen ihr blondes.

Wallmann: Nehmen sie sich nicht zuviel vor. Sie werden hier gebraucht.

Hanna nimmt das Haar und pustet es irritiert fort.

Hanna: *(grinsend)* Ich brauch' sie doch auch, Chef!

Ihr Blick deutet sehnsuchtsvoll in die Ferne. Auflachend dreht sie sich um und verschwindet ins Haus.

Innen, Außen. Dämmerung. Verkaufsraum der Tankstelle.

Sonnenuntergang vor der Tankstelle. Die Krähenschwärme fliegen auf. Bernadette schleppt einen letzten Reklameaufsteller herein. Sie verriegelt die Tür. Jeffy packt die Einnahmen in den Tresor. Plötzlich lauscht er dem Gekreisch der Krähen. Bernadette beachtet ihn nicht. Sie zieht Preisschilder ab und kontrolliert Verfallsdaten der Ware.

Bernadette: *(zögernd)* Der 25ste! Halber Preis?

Bernadette hält Jeffy überlagerte Würstchen entgegen. Jeffy nickt, ohne nachzufragen. Er lauscht noch immer dem Krähengeschrei.

Jeffy: Die gab's immer.

Jeffy lacht auf.

Jeffy: Dich auch ... – Du warst ganz nah. Deine ... *(er grinst)* - haben mich gekitzelt. Aber plötzlich warst du weg. Ich hab' dich gerufen. Bis ich deine Hand gespürt habe. Zum ersten Mal ...

Bernadette stutzt und lauscht Jeffy.

Jeffy: Wie alt war ich?

Bernadette: Siebzehn. Sechzehn.

Jeffy: Und all die Jahre nie eine andere!

Bernadette begreift, dass Jeffy von Hanna träumt. Sie zögert, dann knallt sie wütend Preisschilder und Stifte in die Ecke. Sie will weg.

Bernadette: Dann hau doch endlich ab, zu dieser Frau!

Aber erschrocken hält Bernadette inne und sinnt ihren eigenen Worten nach. Jeffy reagiert nicht. Bernadette arbeitet wortlos wieter.

Außen. Dämmerung. Allenstein.

Der Marktplatz der kleinen Stadt Allenstein (Olsztyn). Wallmann verlässt gut gelaunt das Rathaus. Unterm Arm trägt er eine Dokumentenmappe. Er blättert darinnen, klappt sie energisch mit einer Geste des Tatendrangs zu und steigt in seinen Mercedes. Auf einem abgetragenen Denkmalsockel, in der Mitte

des Platzes, sitzen Jugendliche der Stadt. Sie blicken dem davon-
fahrenden Mercedes gelangweilt nach.

Innen. Nacht. Verkaufsraum der Tankstelle.

Die Uhr zeigt kurz vor 23 Uhr. Jeffy döst hinterm Tresen. Ber-
nadette putzt sich vor einer Spiegelscherbe heraus. Sie trägt das
knappe Glitzershirt und schlüpft in die abgewetzte Tigerlederhose.
Das Leder knirscht. Immer wieder blickt Bernadette verstohlen
zu Jeffy. Sie animiert ihn mit knisternden Geräuschen ihrer Klei-
dung. Bernadette rückt ihre Brüste zurecht, leckt ihre Lippen und
streicht sich den Hintern. Jeffy tastet sich näher. Er fühlt grinsend
ihren Fummel. Er riecht nach ihr. Bernadette gibt sich ein paar
Spritzer aus der Parfümprobe. Jeffy lächelt versöhnlich. Seine
Hand streicht über ihren straffen Hintern. Bernadette schlüpft in
ihre Stöckelschuhe.

Bernadette: Ouhh, Baby - ich glaub, heut' krieg' ich
jeden hart.

Autos nähern sich. Bernadette stöckelt zur Tür. Jeffy wippt im
Takt ihrer Absätze.

Jeffy: Waau, Baby! Lass' sie rein!

Bernadette: Waau, Baby! Klar, lass' ich sie rein!

Bernadette grinst doppeldeutig und schwenkt ihre Hüften. Sie
öffnet die Tür.

Außen. Nacht. Landstraße.

Vier Autos rasen über die Landstraße heran. Scheinwerfer blenden auf. Laute Musik dröhnt aus den Boxen. Die Autos sind mit kreischenden Jugendlichen aus der Kleinstadt besetzt. Nicht älter als 20, 21 Jahre. Sie tanzen auf den Sitzen oder beugen sich heraus. Ihre Haare wehen im Fahrtwind.

Außen. Nacht. Tankstelle.

Die Autos parken quietschend ein. Sofort springen besoffene Kerle heraus. Sie umarmen sich lautstark. Aufgestylte Mädchen betätscheln küssend ihre neuen Klamotten.

Henryk: Bernadette! Hab' ich aber von dir geträumt!!

Bernadette: Weiß ich doch! Komm rein!

Henryk walkt im Vorbeigehen ihren Körper. Bernadette ziert sich. Sie zieht Henryk zum Verkaufsraum. Ein Mercedes rollt langsam vom Hotel zur Tankstelle herüber. Die Jugendlichen wiechen respektvoll zurück. Wallmann steigt aus. Er trägt einen schwarzen, noblen Anzug, dazu weißes Hemd, Krawatte. Er schlägt mit großer Geste die Autotür zu.

Innen. Nacht. Verkaufsraum.

Lautstark stürmen die Jugendlichen die Tankstelle. Im Vorbeigehen öffnen sie spritzend Bierflaschen. Ware fällt aus den Regalen, Safttüten zerplatzen am Boden. Sofort sieht der Verkaufsraum verwüstet aus. Am Tresen tauschen die Jugendlichen ihr Geld gegen Spieljetons.

Henryk: Hundertfünfzig!

Bernadette: Ein Zehner und ... So, hier und bitte!

Bernadette notiert, teilt aus und wechselt. Ein schmächtiger Typ schiebt einen zerknitterten Schein über den Tresen.

Schmächtiger: Fünfzig. Erst mal schauen...

Dem Jungen ist die geringe Summe peinlich. Verschämt steckt er die Jetons ein. Nach und nach wechseln alle Gäste und verschwinden im Hinterzimmer. Als letzter betritt Wallmann den Verkaufsraum. Angemessenen Schrittes schreitet er auf Jeffy zu.

Wallmann: Jeffy, ich bin's: der gute Nachbar Wallmann!

Wallmann zählt Geldscheine auf den Tresen.

Wallmann: Sechshundert! Fürs erste!

Jeffy zählt langsam das Geld nach. Wallmann grinst geduldig. Jeffy schiebt Jetons übern Tresen.

Wallmann: Misstrauisch?

Jeffy: Abgerechnet wird zum Schluss.

Wallmann: Zum Abrechnen wird nichts bleiben! Sieh dich vor, ich sprenge die Bank!

Jeffy lacht auf. Wallmann zieht sich in den Kasinoraum zurück. Bernadette lächelt ihm entschuldigend nach. Sie verschließt die Eingangstür der Tankstelle, klemmt die Geldkassette untern Arm und löscht das Licht. Jeffy und Bernadette verschwinden in den Kasinoraum.

Innen. Nacht. Spielkasino.

Jeffy und Bernadette treten durch eine kleine, mit Stoff zugehängte Tür in den Kasinoraum. Im dämmrigen Licht ziehen die Jugendlichen Staubhüllen von den Spieltischen. Kosslowski (25) – Kasinokellner und Jeffy's Aushilfe – streift sich eine blütenweiße Kellnerjacke über. Er dreht den Hauptschalter an: Barlicht flackert in bunten Farben auf. Jeffy steht vor dem – von einem knallroten Tuch verhüllten – Roulettetisch. Langsam zieht er den Samt ab. Der Kessel blitzt. Ein andächtiges Raunen geht durch die Runde. Die Spieler nehmen ihre Plätze ein. Wallmann und Jeffy setzen sich gegenüber. Bernadette nimmt ihren erhöhten Croupier-Platz ein.

Bernadette: Faites vudr...- Äh, Faites votrer..- Jedenfalls... Bitte, das Spiel zu machen!

Jetons werden plaziert.

Wallmann: Kleine Serie.

Jeffy: Orphelins.

Jeffy reicht Bernadette Jetons. Bernadette schiebt sie an die richtigen Plätze. Sie dreht das Kreuz und wirft die Kugel hinein.

Innen, außen. Nacht. Im Auto.

Es regnet. Auch Hanna fährt jetzt in ihrem VW-Karmann an der Tankstelle vor. Es ist stockfinster. Nur die Autoscheinwerfer gleiten über Werkstatt und Bauwagen. Leise rollt der Wagen ums Haus. An einem Seiteneingang führt eine Treppe in den Keller. Durch ein abgedunkeltes Fenster dringt ein Lichtstreif. Hanna parkt den Wagen und steigt aus. Sie geht zur Kellertreppe hinüber.

Innen, außen. Nacht. Seiteneingang der Tankstelle.

Vergebens versucht Hanna hinter der kleinen Fensterscheibe etwas zu erkennen. Sie wischt den Dreck von der Scheibe. Es quietscht und kratzt. Plötzlich öffnet sich eine kleine Luke in der Eisentür. Ein junger, viel zu kleiner Mann — mit finsterem Gesicht — leuchtet mit einer Taschenlampe Hanna ins Gesicht.

Hanna: Hi! Wallmann meint, hier geht was ab, die Nacht?!

Der junge Mann steigt auf Zehenspitzen, um Hanna durch die kleine Luke betrachten zu können. Hanna schlägt gegen die Eisentür.

Hanna: He!!! Wichst Du Dir erst einen!? Komm, klapp´ die Kiste auf!

Plötzlich knallt die Klappe zu. Hanna klopft noch einmal wütend gegen die Tür. Aber niemand öffnet. Hanna wendet sich ab und stöckelt durch den Regen. Sie umrundet die Tankstelle, immer nach anderen Zutrittsmöglichkeiten suchend. Ihre Schritte hallen durch die Nacht.

Innen. Nacht. Spielkasino.

Am Roulettetisch wird unterdessen neu gesetzt. Bernadette schiebt Jetons korrigierend übers Plateau.

Bernadette: Und bitte setzen!

Schmächtiger: Die *Kleine.* Ich nehme jetzt mal die *Kleine!*

Wallmann: Nur zu. Pflaster drauf, was du kannst!

Der Schmächtige lächelt stolz. Jeffy und Wallmann lächeln genervt. Der Schmächtige und die anderen Spieler lehnen sich zurück. Wallmann und Jeffy zögern, zu setzen. Es herrscht atemlose Stille. Nur Kosslowski mixt behutsam einen Drink. Die Eiswürfel klappern. Sofort blicken alle zu ihm. Kosslowski erstarrt.

Jeffy: *(leise)* Zwölf?

Bernadette ramscht einen handgeschriebenen Zettel hervor.

Bernadette: *(leise)* Vorgestern. Einmal.

Jeffy platziert zwei 20er Jetons auf der Nummer „12“ – löst aber nicht seine Finger.

Wallmann: *(auflachend)* Du reitest *Tote*?! Der Anfang vom Ende, Jeffy!

Wallmann grinst. Jeffy horcht auf. Bernadette blickt irritiert zwischen Jeffy und Wallmann hin und her.

Jeffy: Was für ein Ende?

Wallmann: Meine Hotels laufen gut. Überall! Alles eine Frage der Zeit und ich werde mich auch hier vor Gästen nicht retten können. Was brauchen *die* eine Tankstelle?! Die wollen reiten, golfen, Tennis spielen ... Was man heute so macht in der weiten Welt!

Betroffenes Schweigen. Alle blicken zu Jeffy.

Wallmann: Jeffy, ich brauche den Platz!

Wallmann platziert seine Jetons auf der „13". Wallmann fixiert Jeffy. Jeffy lauscht seinen Bewegungen.

Wallmann: Dreizehn? Dreizehn.

Jetzt packt Wallmann die Jetons jedoch abrupt auf die Zahl „Zwölf".

Wallmann: Zwölf!!

Sofort zieht Jeffy seine Jetons hoch und übergibt sie Bernadette — dem Croupier. Sie platziert die Jetons auf der „12". Jeffy grinst. Bernadette dreht das Kreuz und wirft die Kugel.

Bernadette: Nichts geht mehr.

Die Kugel trifft „12" – Jeffy gewinnt alles. Bernadette schiebt ihm alle Jetons zu, auch den Batzen von Wallmann.

Wallmann: He, he – gleiche Teile!

Jeffy: Vertraue deinem Croupier! Er setzt – er zieht – du gewinnst!

Dankbar tätschelt Jeffy Bernadette unterm Tisch die Knie. Jeffy lässt die stattliche Menge gewonnener Jetons durch seine Finger gleiten. Er lehnt sich zurück.

Jeffy: Meine Tankstelle willst du, sagst du?

Wallmann grinst zustimmend.

Jeffy: Der Preis steigt.

Wallmann: Du verlierst sie.

Jeffy: Ich verliere nur im Spiel, nie im Leben.

Wallmann lacht hämisch auf.

Wallmann: Dann spiel´!

Jeffy antwortet nicht. Bernadette sortiert ungeduldig Jetons. Wallmann blickt siegessicher in die Runde. Zustimmende Gesichter, leiser Protest unter den Spielern. Fronten bilden sich.

Wallmann: Spielen wir! Wie zwei Männer!

Jeffy lacht leise auf. Er gibt sich einen leichten Ruck. Schon streckt er Bernadette die Hand entgegen – und greift nach einem

*Batzen Jetons. Da zieht Jeffy die Hand zurück. Er horcht auf:
Für einen kurzen Moment hallen die Schritte Hannas durch ein
angelehntes Kellerfenster.*

Wallmann: Los!

*Jeffy lauscht den Schritten – aber schon herrscht wieder Stille. Jeffy
wendet sich wieder dem Spiel zu. Plötzlich erneut, diesmal ganz
nah: Das Geklapper von Stöckelschuhen. Jeffy tastet sich eilig zur
Tür. Wallmann brüllt ihm nach:*

Wallmann: Jeffy! Du wirst spielen! Und du wirst verlieren!

*Wallmann knallt wütend Jetons auf den Tisch. Jeffy verschwindet
aus dem Kasinoraum.*

Außen. Nacht. Seiteneingang der Tankstelle.

*Jeffy tastet sich die Kellertreppe hinauf. Bernadette schleicht ihm
unbemerkt nach. Es regnet. Patschende Schritte irren umher. Jeffy
lauscht. Plötzlich: Die fremden Schritte nähern sich. Jeffy trägt
immer noch seine Sonnenbrille. Er hält sich in der dunklen
Nische. So kann er Hanna über seine Blindheit täuschen.*

Hanna: Erinnerst du dich? Die Frau, die bei James
Dean auf der Rückbank lag?!

Jeffy: Kommen sie morgen wieder! Aber warten sie weiter unten. 20 Uhr?

Jeffy deutet die Straße hinunter. Er dreht sich zum Gehen.

Hanna: Ich bin nicht hier, um dich anzumachen!

Jeffy grinst.

Jeffy: Nein. Natürlich nicht.

Hanna – ertappt – versucht eine leise Rechtfertigung.

Hanna: Hast du schon mal geknufft?! So richtig? Tag-ein, tagaus dem Chef die Taschen nachgetragen? Keine Fehler. Keine Zweifel. Nie ein Lächeln. Und alles ohne einen Cent Kohle.

Jeffy: Sie machen doch nichts umsonst!

Hanna: Um es irgendwann besser zu haben, schon. Du nicht?

Jeffy schweigt verräterisch lange.

Jeffy: Ich lebe hier. Ich bin hier geboren. Hier aufgewachsen. Ich will nicht weg.

Hanna lacht auf und äfft Jeffy nach:

Hanna: Nein. Natürlich nicht.

Jeffy grinst. Hanna grinst. Jeffy will gehen, aber Hanna hält ihn an der Schulter zurück.

Hanna: Was ist nun?! He! Ich setz' den Wagen!

Jeffy stutzt, gibt sich aber unwissend.

Hanna: Jeder in der Stadt redet von eurem Kellerladen!

Hanna deutet Richtung illegales Kasino, dann stolz auf den entfernt geparkten VW-Karmann.

Hanna: Also, was bringt der Wagen?

Jeffy zögert orientierungslos. Endlich tritt er aus der dunklen Nische. Hanna lächelt spöttisch über seine Brille. Sie geht zum Auto. Jeffy folgt ihr.

Hanna: Alles Originalteile.

Jeffy: Davon gab's doch damals genug.

Jeffy tritt zum Auto. Er fühlt die Motorwärme und findet so Orientierung. Flüchtig tastet er die Scheinwerfer ab.

Jeffy: Hätte der wenigstens doppelte Scheinwerfer!

Hanna: Hatte der nie!

Jeffy: Ein 58er Skoda-Octavia?! Aber sicher, Mädchen! Hier, genau hier saßen die!

Jeffy tastet noch einmal über die Scheinwerfer. Weiter zur Frontpartie. Plötzlich stutzt er: Er tastet über Kühlergrill, Zierleisten und Verdeck. Hanna beobachtet sein Treiben ungläubig. Jeffy hält ertappt inne.

Jeffy: Was ist das?

Hanna steht starr; sie begreift seine Blindheit.

Hanna: Oh, Scheiße. Scheiße...

Hanna flieht vor Jeffy umständlich weit im großen Bogen um den Wagen herum. Sie steigt ein. Mit aufheulendem Motor fährt sie los. Die Schlusslichter verschwinden in der Dunkelheit. Jeffy lauscht in die Nacht. Das Motorengeräusch verebbt. (Die Kamera fährt zurück.) Hinter der Hauswand lehnt Bernadette, den Kopf an die Wand gelehnt und die Augen geschlossen. Langsam reißt sie Fummel und Strass vom Körper. Jeffy bemerkt sie nicht. Er geht an ihr vorbei zur Tankstelle zurück.

Innen. Nacht. Spielkasino.

Jeffy schließt den nächtlichen Spielbetrieb: Er schiebt und zerrt die Jugendlichen aus dem Kellerzimmer. Betrunkene schleppen sich hinaus. Der Schmächtige präsentiert einen Batzen Jetons. Wie alle tauscht auch er bei Bernadette in Bargeld zurück.

Jeffy: Ist vier. Und vier ist immer Schluss.

Wallmann verlässt als letzter den Kasinoraum.

Wallmann: Du kannst sie nicht halten! Mach' wenigstens ordentlich Reibach.

Wallmann umarmt Jeffy besitzergreifend und erdrückend. Dann tauscht er seinen beträchtlichen Gewinn ein. Jeffy wartete ungeduldig an der Tür. Er drängelt Wallmann hinaus. Selbstsicher grinsend lässt der es mit sich geschehen.

Außen. Nacht. Tankstelle.

Mit aufheulenden Motoren fahren die Autos ab. Die Tankstelle bleibt verlassen und still zurück. Jeffy verschließt die Tür. Jalousien knallen herab. Jeffy lauscht der Ruhe. Ein entrücktes Lächeln huscht über sein Gesicht. Nur kurz, dann löscht Jeffy das Licht.

Innen. Nacht. Spielkasino.

Jeffy betritt den Kasinoraum. Stühle liegen umgekippt. Eine leere Flasche rollt über den Boden. Ein Spielautomat rattert noch immer das letzte Spiel. Bernadette erwartet Jeffy am Tresen. Ohne Fummel im Haar, ohne Strass am Körper. Jeffy zögert, lauscht in den Raum, er bemerkt Bernadette, dennoch dreht er sich um und geht wortlos.

Bernadette: Das macht Krähen verrückt, wenn Oben nicht oben und Unten nicht unten ist!

Jeffy ignoriert sie. Im Verkaufsraum klappert die Tür.

Außen. Tag. Landstraße.

Es ist sehr früher Morgen. Es dämmert. Auf der Landstraße steht Jeffy. Er läuft ein paar Schritte über den Asphalt, verliert aber die Richtung und läuft hin und her. Ein Lastwagen nähert sich. Jeffy blickt ihm erwartungsvoll entgegen. Zögernd hebt er den Daumen, zieht ihn aber sofort wieder zurück. Der Lastwagen rast einen halben Meter an Jeffy vorbei. Der Luftsog lässt ihn wegtaumeln. Die Hupe dröhnt laut. Jeffy hält sich die Ohren zu. Benommen steht er am Straßenrand. Dann dreht er um und geht eilig zur Tankstelle zurück.

Innen. Tag. Verkaufsraum der Tankstelle.

Jeffy telefoniert mit Kosslowski, dem Kasinokellner. Bernadette tritt verschlafen herein. Im Vorbeigehen entnimmt sie etwas zum Frühstück aus den Regalen und packt es Jeffy auf den Tresen: eingeschweißte Baguettes, Milch, Salat in Plastikschalen, dazu Plastikbesteck. Jeffy wendet sich ignorant ab. Er blättert in Lieferbüchern und konzentriert sich auf sein Telefonat.

Jeffy: Moment. Paletten mit Bier. Und Cola! – Okay, in einer Stunde?

Jeffy legt den Hörer auf.

Bernadette: Warum sagst du denn nichts?!

Jeffy: Heut' ist Mittwoch. Und mittwochs...

Bernadette: Heute ist Dienstag.

Jeffy tastet ungläubig über seinen Kugelkalender.

Jeffy: Dienstags fahre ich immer einkaufen.

Bernadette zögert trotzig, streift dann aber doch ihre Jacke über und will Jeffy folgen. Er schiebt sie unerwartet zurück.

Jeffy: Ich fahre mit Kosslowski!

Jeffy tastet sich aus dem Verkaufsraum. Bernadette wartet, bis er verschwunden ist. Dann greift sie zum Telefon und wählt die noch immer gespeicherte Telefonnummer. Sie lauscht kurz in den Hörer und legt dann wortlos auf.

Außen. Tag. Beim Großhändler.

Die nahegelegene Kleinstadt Alleinstein. Die Lager einer Großhandelsfirma grenzen unmittelbar an die Hauptstraße. Lärmender Autoverkehr, vorübereilende Passanten, umhertollende Kinder, Arbeiter kommandieren einen Stapelgabler und wuchten Säcke umher. Kosslowskis Pick-Up parkt an der Laderampe. Auf Paletten stapeln sich Lebensmittelkisten. Der Händler (35) managt das Treiben wie auf einem Börsenparkett. Jeffy prüft riechend, tastend und kauend die angebotene Ware: riesige Berge von Dauerwurst.

Händler: Absolut saftig! Fast gratis! *(Er ruft seinen Arbeitern zu:)* Die Dreifünfer nach hinten! Paletten 3 und 5 nach Tor 6!

Jeffy probiert die Ware.

Händler: Chayenne-Pfeffer dazu!? Gratis!

Sofort schiebt Jeffy Kosslowski die Würste zu. Flink und unbemerkt kennzeichnet Jeffy die Kartons mit einer Messerkerbe. Der Händler tauscht heimlich die geprüfte Ware gegen überlagerte aus. Aber Jeffy prüft die Kartons erneut.

Jeffy: Du hast es doch noch nie geschafft, mich zu bescheißen!

Jeffy grinst triumphierend. Plötzlich hebt er den Kopf. Er lauscht dem Straßengewirr: Damenschuhe stöckeln näher.

Jeffy: Kosslowski? Kosslowski!

Kosslowski beräumt die Ladefläche des Pick-Up. Er blickt nur kurz auf: Eine Passantin – viel zu schwer für ihre dünnen Ab-sätze – stöckelt über die Straße.

Kosslowski:: Vierzig!

Kosslowski wendet sich wieder seiner Arbeit zu. Noch einmal blickt er kurz auf und korrigiert sich:

Kosslowski: Fünfundvierzig.

Jeffy prüft enttäuscht weiter Ware. Kosslowski verstaut Kisten auf dem Pick-Up. Jeffy hilft, so gut es geht.

Kosslowski: So findest du keine Frau fürs Leben?!

Jeffy: Ich such' nichts fürs Leben!

Jeffy zögert, einzusteigen. Er schüttelt grinsend den Kopf.

Jeffy: Nein. Nicht schon wieder was fürs Leben.

Jeffy steigt grinsend ein. Ungeduldig wartet er auf Kosslowski, der Lieferscheine empfängt. Der Pick-Up fährt los. Im Hintergrund – weit entfernt – wird sichtbar: Der alte Mann vom Anfang der Geschichte – diesmal ohne Pferdefuhrwerk. Vergeblich bietet er dem Händler die verhüllte, eiserne Kopfbüste an. Der Händler winkt ab. Genervt drückt er dem Alten aussortierte Ware in die Hände und macht sich wieder zügig an die Arbeit.

Außen, innen. Tag. Allenstein.

Der Pick-Up rollt langsam durch die Straßen der Stadt. Jeffy lauscht an der heruntergekurbelten Scheibe den Straßengeräuschen. Kosslowski schaltet das Radio ein – Jeffy dreht es wieder ab und lauscht weiter den Straßengeräuschen.

Innen. Tag. Hotel Wallmann.

Hanna balanciert auf einem kleinen Tablett Kaffee durch die Tür. Das Büro ist nobel eingerichtet. Hochglanzfotos sanierter Hotels hängen an den Wänden. Wallmann zieht sein Jackett aus und krempelt die Arme hoch. So leger wirkt er plötzlich gebeugt und kraftlos. Hanna schiebt unbedacht Unterlagen beiseite und stellt ihr Tablett ab. Sofort greift Wallmann ein.

Wallmann: *(unfreundlich)* Hierher!!

Wallmann würdigt sie keines Blickes. Hanna folgt zögernd, aber widerspruchslos. Wallmann blättert mit mürrischem Blick in Unterlagen. Hanna gießt Kaffee ein. Sie beobachtet Wallmann, Kaffee läuft über. Wallmann rettet ungehalten seine Unterlagen.

Wallmann: Scheiß Banken! Hättest du Geld zu verschenken, wofür: für rostende Benzinsäulen? Oder für bessere Hotels?

Wallmann betrachtet in Gedanken versunken einen Architekten-entwurf: ein monströser Bau aus Glas und Beton.

Hanna: Plattmachen? Das alles?!

Sie zeigt auf ein Foto von Jeffys Tankstelle. Wallmann setzt sich an seinen Schreibtisch. Er blättert in Unterlagen.

Wallmann: Die Gegend braucht große Entwürfe!

Hanna: Jeffy will ... –

Wallmann: Jeffy?

Wallmann mustert sie eindringlich.

Wallmann: Ach, was? Mit diesem Dreißiger ins Bett?! Und mit mir, dem Vierziger, in die Goldene Zukunft?!

Hanna belächelt ihn herablassend.

Hanna: Sie sind zweiundvierzig, Chef.

Wallmann grinst sie zynisch an.

Wallmann: So genau habt ihr Bonzenkinder doch nie die Jahre eurer Chefs gezählt. Je älter die waren, umso besser ging's euch doch.

Hanna will etwas erwidern, gibt aber auf. Sie wendet sich zur Tür, dreht sich aber noch einmal um.

Hanna: Wussten sie, dass der Typ blind ist?

Wallmann ignoriert die Frage. Er schiebt ihr einen – mit Klebestreifen – verschlossenen Briefbogen zu.

Wallmann: Wie gehabt.

Wallmann misst Hanna wieder einmal mit unverhohlen lüsternem Blick. Hanna verschwindet. Wallmann brüllt ihr nach.

Wallmann: Kost und Logis gibt's nirgends zum Nulltarif!

Hanna knallt die Tür hinter sich zu. Wallmann schiebt verärgert das Kaffeetablett beiseite. Schon wieder entdeckt er ein dunkles, langes Haar.

Innen, außen. Tag. Lager der Tankstelle.

Jeffy und Kosslowski fahren mit dem Pick-Up vor. Im dämmrigen Licht des Lagerschuppens entladen beide Kisten und Flaschen. Bernadette taucht am Tor auf. Sofort packt sie mit an. Scheinbar nebensächlich fragt Jeffy sie aus:

Jeffy: Hat sich niemand gemeldet?

Bernadette begreift, sie ignoriert aber die Frage und schwingt, demonstrativ jugendlich und kraftvoll, Kisten hoch. Sie nimmt Kosslowski die letzte Kiste ab.

Bernadette: Danke, Kosslowski! Jeffy ist ja nun einmal leider auf Hilfe angewiesen. Normalerweise bin ich ja da.

Bernadette wartet vergebens auf eine Reaktion von Jeffy. Der hantiert geschäftig. Hanna gibt auf.

Bernadette: Geld gibt's vorne!

Bernadette drängt Kosslowski ins Freie.

Jeffy: Kosslowski?!

Kosslowski kehrt zurück. Bernadette wartet, aber Jeffy zieht Kosslowski nah an sich heran.

Jeffy: *(leise)* Veilchenduft und Stöckelschuhe, klar?! Also, halt bitte die Augen offen!

Kosslowski schnipst ihm zustimmend gegen die Sonnenbrille. Er kontert grinsend:

Kosslowski: Wir sehen uns!

Kosslowski steigt ein, der Pick-Up fährt los. Jeffy sortiert Waren aus den Kisten ins Regal. Plötzlich: Von draußen dringt das Geklapper von Damenschuhen herein. Jeffy stolpert hinaus, Obstgläser kippen und zerbrechen am Boden. Jeffy schiebt alles flüchtig beiseite. Dann endlich erreicht er das Freie. Noch immer klappern die Schuhe.

Außen. Tag. Tankstelle.

Aber: Mitten auf dem Platz sitzt Bernadette auf einem Stuhl. Mit einem Nagelbrett schlägt sie den vermeintlichen Takt der Schuhe. Jeffy nähert sich dem vermeintlichen Geräusch. Plötzlich begreift er, wer vor ihm sitzt, bleibt aber nur kurz stehen. Dann geht er, scheinbar unbeeindruckt, weiter zu seinem Bauwagen. Bernadette grinst ihm nach. Sie knallt Steinplatte und Nagelbrett in die Ecke.

Innen. Tag. Bauwagen.

Jeffy klettert in seinen Bauwagen. Er schließt die Tür. Sofort öffnet er sie wieder einen Spaltbreit und lauscht. Draußen ist es still. Für einen Moment steht Jeffy ratlos. Als er gehen will, sind Schritte und Kehrgeräusche zu hören. Jeffy schließt die Tür. Er lässt sich aufs Bett fallen und wartet.

Außen. Tag. Marktplatz in Allenstein.

Zur selben Zeit: der Marktplatz von Allenstein. Wieder sitzen die Jugendlichen aus dem Kasino auf dem abgetragenen Denkmalsockel. Eine Flasche wird schweigend herumgereicht. Ein Crossbiker dreht monoton Kreise auf dem Vorderrad. Hausfrauen spazieren leise schwatzend vorbei. Ein Lieferauto poltert über die Pflasterstraße. Der Biker sprintet los. Er krallt sich am Lieferauto fest. Stehend lässt er sich mitziehen. Seine Kumpels feuern ihn an. Der Biker zieht sich samt Rad auf die Ladefläche des Lasters und kurvt dort oben umher. Er springt über die Ladung immer höher, bis er seine Kurve auf dem Fahrerhäuschen

*dreht. Er kehrt um und rollt von der Ladefläche. Er kehrt zu
den anderen Jugendlichen zurück. Das Lieferauto verschwindet in
einer Seitenstraße. Wieder dreht der Biker monoton seine Kreise.
Und wieder wird schweigend die Flasche herumgereicht. Und
wieder herrscht Stille. Bis plötzlich Wallmanns schwarzer Mercedes langsam auf den Marktplatz einbiegt.*

Außen, innen. Tag. Im Mercedes.

*Wallmann stellt den Motor ab. Er blickt sich um. Nur wenige
Menschen überqueren noch den Markt. Feierabendliche Ruhe
herrscht. Erste Geschäfte schließen. Wallmann und die Jugendlichen fixieren sich mit Blicken. Wallmann entnimmt seinem Portemonnaie mehrere große Geldscheine. Er versteckt den Rest unter
der Fußmatte. Wallmann steigt aus, verriegelt das Auto und geht
zu den Jugendlichen hinüber.*

Wallmann: Im Kasino ist abends mehr los, was?!

Die Jugendlichen schweigen skeptisch.

Wallmann: Na ja, wir bauen das jetzt wieder auf! Alles
hier.

*Wallmann deutet mit großer Geste um sich. Er lächelt freundlich.
Einer der Jungen – Henryk aus dem Kasino – echot mit
schneidendem Ton:*

Henryk: Das wird jetzt wieder *deutsch*! Alles hier!

Wallmann: Entschuldigung. So war das nicht gemeint.
Aber Geld kann man überall gebrauchen, nicht wahr?

Biker: Lassen sie es hier!

Wallmann: Umsonst ist nicht mal der Tod.

Mädchen: *(sarkastisch)* Bei uns hier schon.

Wallmann lächelt bemüht, ein bisschen ängstlich wirkt sein Blick plötzlich. Das Mädchen grinst ihn an. Wallmann steckt die Geldscheine unter eine Flasche

Wallmann: Gutes Geld für gute Jobs.

Wallmann kehrt zum Mercedes zurück. Die Jugendlichen blicken ihm fragend nach. Wallmann fährt wortlos weg.

Außen. Tag. Tankstelle.

Bernadette fegt die Auffahrt der Tankstelle. Misstrauisch prüft sie jeden Benzinschlauch auf mutwillige Zerstörungen. Plötzlich poltert es hinter ihr: Das riesige Tankstellenschild reißt erneut aus der Verankerung und pendelt aus. Niemand ist zu sehen. Bernadette blickt sich vorsichtig um, ihr ist die Sache unheimlich.

Innen, außen. Tag. Verkaufsraum.

Bernadette langweilt sich hinter dem Verkaufstresen: keine Kundschaft. Der Fernseher an der Wand läuft. Plötzlich: Schuhgeklapper dringt von draußen herein. Bernadette blinzelt durch die Fensterjalousie. Sofort beginnt sie hektisch ihre Kleidung zu ordnen, die Haare zu legen. Sie sucht nach einer souveränen Haltung. Auf dem Hocker sitzend, die Beine übereinandergeschlagen, die Knie frei gezogen und die Arme grazil verschränkt, erwartet Bernadette den Besuch.

Außen. Tag. Tankstelle.

Hanna läuft über den weiten Vorplatz zum Verkaufsraum. Sie marschiert unaufhörlich näher. Über ihre Schulter hängt ein roter, lederner Taschenbeutel.

Innen. Tag. Bauwagen.

Zur selben Zeit: Jeffy döst – auf dem Bett liegend – vor sich hin. Als er das Klappern der Schuhe hört, schnellt er hoch. Er lauscht, lässt sich aber sofort wieder grinsend zurückfallen.

Innen. Tag. Verkaufsraum.

Hanna betritt den Verkaufsraum. Sie kommt gleich zur Sache:

Hanna: Wo finde ich ihn?

Beide Frauen taxieren sich. Bernadette deutet ins Ungewisse hinaus. Kaum hat Hanna den Verkaufsraum verlassen, eilt Bernadette ihr nach.

Außen. Tag. Hinter der Tankstelle.

Hanna sucht im Gelände nach Jeffy. Misstrauisch folgt Bernadette ihr in einigen Metern Abstand. Sie lässt sie keinen Moment aus den Augen. Abrupt dreht sich Hanna um und stellt sich ihrer Verfolgerin.

Hanna: Hi, ich bin die Hanna!

Sie reicht ihr offenherzig die Hand, aber Bernadette verweigert sich. Sie gibt sich schnippig.

Bernadette: Ich kenne alle Frauen, die hinter Jeffy her sind ...

Hanna dreht sich um und stöckelt weiter. Bernadette hetzt ihr nach.

Bernadette: Sind sie hinter ihm her?

Hanna blickt unbeirrt hinter Fenster und Türverschläge.

Hanna: Wie lange sind sie schon mit ihm zusammen?

Bernadette: Ich habe ihn großgezogen.

Hanna bleibt verdutzt stehen.

Hanna: Sie sind seine Mutter?

Bernadette: Ich arbeite für ihn. Ich helfe ihm. Alles andere geht sie nichts an.

Hanna stöckelt erleichtert weiter. Beide Frauen nähern sich dem Bauwagen Jeffys.

Bernadette: Geben sie auf, er ist in der Stadt!

Bernadette zieht Hanna zum Verkaufsraum zurück. Hanna lässt abschätzend ihren Blick schweifen.

Hanna: Ziemlich schräg hier alles. Hier pisst euch wenigstens keiner ans Bein.

Hanna bleibt mitten auf dem weiten Platz stehen. Sie schwärmt.

Hanna: Tja, und genug Platz für alle ist eigentlich auch.

Bernadette: Na prima! `Ne Mutter und `ne Heimatlose.

Hanna und Bernadette giften sich mit Blicken an.

Hanna: Wäre ja nicht für ewig. Früher oder später nehme ich ihn sowieso mit in die Stadt.

Hanna lässt Bernadette grinsend stehen. Die blickt ihr sprachlos nach.

Innen. Tag. Verkaufsraum.

Hanna betritt hinter Bernadette den Verkaufsraum.

Hanna: Sie sollen abgerissen werden, wissen sie das?

Bernadette nickt stumm.

Hanna: Weiß *er* es?

Bernadette: Was er wissen muss, erfährt er durch mich.

Hanna: Also doch seine Mutter.

Hanna belächelt Bernadette spöttisch. Sofort baut sich Bernadette hinter ihrem Tresen auf:

Bernadette: Wissen sie was, Kleines?! Sie finden es spannend: Ein Blinder! Geiler Body. Coole Fresse. Und immer einen Joke auf den Lippen. Sie suchen ein Abenteuer! Ich aber muss mit ihm leben. Seit zwanzig Jahren und auch dann noch, wenn sie längst wieder von hier verschwunden sind!

Plötzlich: Jeffy betritt unbemerkt den Raum. Er schleicht sich näher.

Bernadette: Der ist nichts für sie. Hauen sie ab! Zu ihrem Wallmann!

Jeffy tritt hinter einem Regal hervor.

Jeffy: Halts Maul, Schätzchen!

Beiden Frauen verschlägt es die Sprache. Jeffy lächelt versöhnlich.

Jeffy: Beide, haltet beide das Maul! – Wieso Wallmann? Und überhaupt, was wollen sie schon wieder hier?

Hanna schweigt trotzig. Vorm Schaufenster tuckert ein Dorfpolizist in einem alten Polski-Fiat auf den Vorplatz. Er steigt aus und tankt. Hanna beobachtet ihn, versteckt hinter der Fensterdekoration.

Hanna: (leise) Scheiße.

Hanna eilt zum Hinterausgang. Ihre rote Ledertasche vergisst sie auf dem Tresen. Hanna knickt mit dem Fuß um, der Absatz ihrer Stöckelschuhe bricht ab. Sie nimmt beides in die Hände und verschwindet barfuß und humpelnd. Der Polizist betritt den Verkaufsraum. Bernadette kann sich eine Bemerkung nicht verkneifen:

Bernadette: Immer randvoll und immer einsatzbereit, was?

Der Polizist setzt schon zu einer Erwiderung an, entscheidet sich aber anders und so bezahlt er nur wortlos. Bernadette beobachtet hinter seinem Rücken: Vorm Schaufenster posiert Hanna auf dem Kühler des Polizeiautos vor ihrer selbstauslösenden Kamera. Ein Blitz. Bernadette verwickelt den Polizisten in einen endlosen Geldwechsel. Plötzlich: Neben der Tankstelle heult der VW-Karmann auf. Mit Vollgas rast Hanna über den Vorplatz. Der Polizist lugt durch die Schaufensterdekoration.

Polizist: (nachdenklich) Sieht aus wie …, wie … ein *Gahrman*. Wir suchen seit Wochen einen *Gahrman* — keiner weiß, wie so was aussieht?!

Der Polizist wendet sich wieder dem Tresen zu. Jeffy, mit unschuldiger Stimme:

Jeffy: Ich hab' nichts gesehen.

Der Polizist überlegt noch, wie das gemeint sein könnte, da zuckt auch Bernadette die Schultern. Jeffy registriert zufrieden ihr Schweigen. Der Polizist geht wortlos, aber kopfschüttelnd. Bernadette frohlockt.

Bernadette: Das Flittchen hat Dreck am Stecken?! Ich hätte doch nichts sagen sollen?!

Jeffy: Lieber ein Flittchen im Haus als 'ne Arschkriecherin im Bett. Also kümmere dich um deinen Scheiß!

Jeffy drängt an Bernadette vorbei. Er reißt Hannas rote Ledertasche vom Tresen. Bernadette und Jeffy langen gleichzeitig zu Boden. Sofort erkennt Jeffy am Duft, dass sie Hanna gehören muss. Er nimmt die Tasche an sich und verschwindet nach hinten.

Bernadette: Die ist weg! Längst weg!

Bernadette ruft Jeffy aufgebracht nach und zündet sich vor Wut eine Zigarre an. Sie posiert cool. Sie pafft und hustet und drückt die Zigarre schließlich angesichts des Schwächeanfalls wieder aus.

Außen. Tag. Landstraße neben der Tankstelle.

Die Tankstelle am Rande der Landstraße, klein und schäbig. Nach links rast Hanna davon, nach rechts der Dorfpolizist.

Innen. Nacht. Bauwagen von Jeffy.

Am Abend. Jeffy hockt auf seinem Bett. In Reichweite steht die rote Ledertasche Hannas. Jeffy zögert, dann greift er zu. Er riecht, fühlt das Material und öffnet die Tasche. Ein Briefbogen fällt heraus: wie jener, der Tage zuvor an der Tür klemmte. Jeffy ertastet wieder jenes geriffelte Papier, die verschließenden Klebestreifen. Er stutzt, packt den Brief zurück und stellt die Tasche nachdenklich beiseite.

Außen. Tag. Bauwagen von Jeffy.

Am nächsten Tag: Jeffy läuft mit ausgebreiteten Armen von der Stirnseite seines Bauwagens auf ein nahes Waldstück zu. Schritt für Schritt ertastet er den freien Weg. Geschirr, die Musikanlage und Küchengeräte stehen auf dem Rasen. Unter großen Anstrengungen zieht Jeffy die Bremskeile unter den Rädern hervor. Langsam rollt der Bauwagen die abschüssige Schneise zum Waldrand hinunter, bis er krachend — Dutzende Meter entfernt - an einem Baum stehenbleibt. Bernadette eilt herbei. Schon von weitem ruft sie:

Bernadette: Mein Gott!

Jeffy: *(leise)* Eins. Zwei. Drei. Vier. Fünf.

Bernadette ist heran, atemlos.

Jeffy: Fünf Sekunden. Du wirst langsam.

Bernadette läuft sprachlos um den Bauwagen. Er wimmelt sie ab, schiebt sie beiseite.

Jeffy: Alles klar. Alles gut. Alles danke.

Bernadette: Was ist passiert?!

Jeffy räumt seelenruhig das Mobiliar in den Wagen zurück.

Jeffy: Wir hocken lange genug aufeinander.

Bernadette versucht den Wagen zurückzuschieben. Sie drückt und schiebt vergebens. Jeffy räumt Geschirr und Mobiliar ein. Er verschwindet im Wagen und schließt die Tür. Bernadette schiebt und ächzt noch immer.

Innen. Tag. Verkaufsraum.

Jeffy steht am Verkaufstresen. Vor ihm stehen Bier- und Sektflaschen. Mit einer Etikettierpistole schießt er gedankenverloren Aufkleber auf die Tresenplatte. Hinterm Schaufenster, auf dem Vorplatz quittiert Bernadette dem Fahrer eines Überlandbusses den Tankbetrag ins Tankheft. Der Fahrer steigt ein und fährt davon. Bernadette betritt den Verkaufsraum. Für einen Moment unterbricht Jeffy sein sinnloses Tun und lauscht. Dann schießt er weiter. Nach einer Weile unterbricht er erneut:

Jeffy: Kasino fällt heute aus.

Bernadette widerspricht überrascht.

Bernadette: Wir haben Freitag! Die Jungs kommen!

Jeffy: Der Laden bleibt dicht!

Jeffy langt nach Sekt und Bier und tastet sich – das Gespräch wortlos beendend – zur Tür.

Außen. Tag. Gepflasterter Weg.

Die Sonne steht tief. Jeffy tastet sich mit vorsichtigen Schritten hinüber zu Wallmanns Hotel. Er trägt Hannas rote Ledertasche unterm Arm. Feli, der Hund, folgt ihm aufgeregt. Immer wieder bleibt Jeffy stehen und fordert den Hund auf, zurückzukehren. Vergebens.

Außen. Tag. Hotel Wallmann.

Jeffy erreicht das Hotel. Er lauscht. Langsam geht er vorwärts, verharrt, lauscht erneut und beugt Stück für Stück seinen Körper vor. Dann geht er noch einen Schritt. Hinter der Hausecke: Auf dem Schuppendach scheppert ein Windrad. Jeffy zählt drei Schritte ab. Er stößt auf eine Regentonne. Ab da rechts herum, zwanzig Schritte. Jeffys Lippen zählen lautlos. Er erreicht frontal den Hoteleingang. Jeffy tastet nach der altmodischen, aber aufgearbeiteten Türglocke. Es scheppert. Jeffy entstaubt seine Kleidung. Er wartet. Der Hund – ein paar Meter hinter ihm – wartet ebenfalls.

Innen, außen. Tag. Eingang Hotel Wallmann.

Wallmann öffnet die Tür. Vor ihm stehen wortlos Jeffy – und der Hund. Wallmann blickt verwundert nach links und rechts. Dann zieht er Jeffy schnell in den Hausflur, drängt den Hund mit dem Fuß zurück und schließt die Tür. Im selben Moment: Hanna kommt barfuß die Treppe herunter. In der Hand hält sie ihren kaputten Schuh. Jeffy bemerkt sie nicht.

Jeffy: Ich habe was gut zu machen.

Hanna verharrt. Wallmann schiebt Jeffy eilig in sein Büro. Hanna hält Jeffy an der Schulter zurück.

Hanna: *(leise)* Wird das eine Entschuldigung? Oder wolltest du mich einfach nur *sehen?*

Hanna grinst lautlos. Jeffy grinst ebenso, er starrt dabei genau in ihre Richtung. Hanna ist irritiert.

Hanna: Das kannst du nicht!! Nein, nein! Du bist blind!?

Verwirrt eilt Hanna die Treppe hinauf zu ihrem Zimmer. Jeffy tastet sich Stufe für Stufe nach. Wallmann taucht noch einmal ungeduldig in seiner Bürotür auf. Er blickt beiden lange nach.

Innen. Tag. Hotelzimmer.

Das – wie aus einem Holzmöbel-Katalog eingerichtete – Zimmer: ein Holztisch, ein Holzstuhl, ein Holzbett. Auf der Kommode Waschschüssel und Krug. Karierte Gardinen an den Fenstern: dahinter überbordende Blumenkästen, dann der Blick auf eine weite Landschaft. Hanna sitzt auf dem Bett. Sie verharrt regungslos, mit geschlossenen Augen. Sie hält den Atem an. Die Tür öffnet sich. Hanna atmet leise weiter. Jeffy tritt ein. Er lauscht, Hanna regt sich nicht. Eine Wasserleitung rauscht im Mauerwerk. Jeffy lauscht noch immer nach einem Geräusch. Das Wasserrauschen endet. In der plötzlichen Stille ortet Jeffy sofort Hannas Atem und dreht sich zu ihr ein.

Jeffy: Es war ein Unfall. Ein kleiner Funken. In Sekunden stand alles in Flammen. Mein Vater hat's nicht überlebt. Mir flogen Batterien um die Ohren. Autobatterien. Säure hat mir die Augen verätzt. Wäre Bernadette nicht gewesen –

Hanna: Es tut mir leid.

Jeffy lauscht in den Raum hinein. Er wendet sich von Hanna ab.

Jeffy: Ich war noch nie in einem Hotel.

Jeffy durchstreift den Raum. Er fühlt die Einrichtung: das Holz, die kahlen Fensterwände, den einfachen Steingutteller auf dem Tisch.

Hanna: Du kommst nicht deswegen.

Jeffy: *(leise)* Entschuldigen sie wegen gestern.

Jeffy lauscht über die Schulter. Er verliert die Ortung. Plötzlich spürt Jeffy Wärme. Schritt für Schritt rückt er auf Hanna zu. Er zögert. Jeffys Hand fährt Hannas Körperwärme entlang. Nie berührt er sie. Plötzlich zieht er sich zurück: Unter seiner Jacke zieht er Hannas Ledertasche hervor. Hanna lächelt verlegen.

Hanna: Manchmal läuft man vor sich selbst weg.

Jeffy nickt konspirativ.

Jeffy: Manchmal auch vor anderen.

Jeffy nickt noch heftiger konspirativ.

Hanna: Ja. Natürlich. Ja …

Jeffy: *(grinsend)* Warum sollte ich noch hören wollen, was sie schon lange nicht mehr sehen können?

Hanna: Ich war hier nie zu Hause.

Jeffy: Ich auch nicht.

Jeffy zögert, sucht nach Worten, setzt zu reden an, unterbricht sich, redet dann doch.

Jeffy: Mein Großvater hat uns hierher verschleppt. Der hielt es nirgends aus. Aber immer ist vorweg gestürmt! Erst vor den Deutschen her und – als es zurückging – vor den Russen her. Nie konnte es schnell genug gehen. Während des Trecks fiel mein Vater vom Wagen und blieb liegen. Irgendwo hier. Der Alte hat's wohl nicht mal gemerkt.

Hanna: Du lebst nur zufällig in dieser Gegend?

Jeffy: Nein. Aber die Welt ist trotzdem größer.

Hanna: Und ausgerechnet *ich* soll dir beim Entdecken helfen?!!

Jeffy weicht grinsend einer Antwort aus. Hanna wendet sich kopf-schüttelnd ab. Sie kramt in ihrer Tasche. Sie bemerkt Jeffys auf-merksames Lauschen.

Hanna: Oh, nein. Nein! Alles noch da. Nur, einen Brief sollte ich dir geben.

Jeffy streckt die Hand aus. Hanna legt ihn hinein, nimmt ihn aber sofort wieder an sich.

Jeffy: Sie haben recht: Lesen *sie* ihn mir vor! Sonst tut es nur wieder Bernadette!

Hanna schüttelt den Kopf.

Jeffy: *Sie* liest schließlich lange genug meine Briefe.

Jeffy lächelt zärtlich. Hanna bedeutete ihm mit einer Geste inne-zuhalten, besinnt sich aber seiner Blindheit und drückt ihm einen Finger auf den Mund. Jeffy riecht und küsst. Hanna macht sich sanft los. Plötzlich zerreißt sie den Brief. Jeffy lächelt zufrieden.

Hanna: Warte hier!

Hanna eilt aus dem Zimmer. Jeffy macht es sich in einem Sessel bequem. Er nimmt die Brille ab, schließt die Augen und lauscht den aus dem Hotel heraufdringenden Geräuschen und Stimmen.

Innen. Tag. Restaurant.

Das kleine Restaurant im Erdgeschoß des Hotels. Nur verein-zelte Stammgäste sitzen an den Tischen oder bedienen sich am Frühstücksbüfett. Eine Jukebox spielt letzte Takte. Hanna eilt frohgelaunt durchs Restaurant, dreht sich im Kreis, startet die Jukebox neu, steppt ein paar Schritte zur Verzückung der Gäste. Die lächeln dankbar.

Innen. Tag. Büro.

Wallmann sitzt in seinem Büro. Quer über dem Schreibtisch liegt die eiserne Büste des alten Mannes – eingehüllt in dreckiges Tuch: Es handelt sich um ein Abbild des Wissenschaftlers Kopernikus – einst Bürger der Stadt Allenstein. Wallmann streicht Staub aus den Poren des Steinkopfes. Hanna klopft, tritt ein. Sie bleibt an der Tür stehen. Wallmann blickt nur kurz auf.

Wallmann: *(grinsend)* Ein Geschenk zur rechten Zeit versöhnt mit jedem Feind. Und mit jeder Stadt.

Hanna knallt Wallmann die Briefschnipsel auf den Tisch. Wallmann entziffert die Schnipsel. Sofort erhebt er sich.

Wallmann: So sehr gefällt er dir?

Hanna weicht seinem Blick aus. Wallmann blickt auf den Gang hinaus und schließt die Tür.

Innen. Tag. Hotelzimmer.

Jeffy läuft im Zimmer umher. Er tastet umher. Seine Hände spüren überrascht Ungewohntes: chromblitzende Autoscheinwerfer, einen Mercedesstern, ein ausgebautes Autoradio aus den 50er-Jahren, jede Menge Zündschlüssel – offensichtlich Diebesgut. In diesem Moment dringt aus einer Wandecke des Zimmers Stimmengewirr. Es wird deutlicher, je näher Jeffy kommt. Er entdeckt eine abgerissene Steckdose, dahinter einen alten Leitungsschacht. Die Stimmen sind jetzt klar und deutlich zu hören.

Wallmann: Ich zwinge keinen zu bleiben.

Hanna: Ich habe keinen Bock auf solch' mieses Spiel!

Wallmann: Ihr glaubt alle: Ein bisschen Rouge, eine Kette vom Nobeldesigner und Deutschland liegt euch zu Füßen. Von nichts kommt nichts!

Büromöbel werden polternd umgeworfen.

Hanna: Du Schwein!

Jeffy begreift, eingreifen zu müssen. Er tastet sich zur Zimmertür und verschwindet hinaus auf den Gang.

Innen. Tag. Hotelrestaurant.

Wieder das Restaurant. Wieder das Frühstücksbüfett. Noch immer bedienen Gäste sich. Eine deutsche Wandergruppe zieht singend und vereinnahmend ins Restaurant ein: „Warum ist es bloß am Rhein so schön". Jeffy betritt den Raum. Vorsichtig tastet er sich den roten Teppich zwischen den Tischreihen entlang. Der Gesang der Reisegruppe verstummt. Die Gäste weichen zur Seite. Jeffy lächelt freundlich ins Ungewisse links und rechts. Dann verschwindet er auf der anderen Seite des Saales wieder nach draußen. Die Gäste bleiben sprachlos zurück.

Innen. Tag. Küchentrakt.

Der Versorgungstrakt des Hotels. Jeffy tastet sich an einem Geländer treppab. Plötzlich ist Wallmanns Stimme aus einem Büro zu hören.

Wallmann: Du miese, kleine Zecke!

Jeffy drückt die Tür auf: Wallmann steht hinter seinem Schreibtisch. Er zählt Geldscheine aus dem Portemonnaie ab. Hanna steht vorm Schreibtisch. Im selben Moment langt sie übern Tisch. Sie reißt dem verdutzten Wallmann alle Geldscheine aus der Hand.

Jeffy: Ja?

Verdutzt blicken beide zur Tür. Jeffy lauscht. Hanna dreht sich schnippig auf dem Absatz um.

Hanna: Wir gehen.

Sie rückt ihr Kleid zurecht, hakt Jeffy unter und zieht ihn hinaus auf den Gang.

Außen. Tag. Hotel Wallmann.

Hanna zieht Jeffy zu ihrem Wagen. Sie reißt die Schutzplane herunter und schiebt Jeffy auf den Beifahrersitz. In der Hoteltür taucht Wallmann auf. Er wütet beiden nach.

Wallmann: Ich hol' mir immer, was mir gehört!!

Hanna startet den Wagen und prescht rückwärts von der Auffahrt.

Wallmann: Auch, was mir nicht gehört!

Jeffy: Und deine Sachen?

Hanna: Später. Wenn ich weiß, dass du mich nicht hinauswirfst.

Sie steigen ein. Der VW-Karmann rast über die Landstraße davon. Den Hund haben beide vergessen, so jagt Feli hechelnd über die Landstraße dem Wagen nach. Wallmann verschwindet unterdessen, die Tür knallend, ins Haus.

Innen. Tag. Bauwagen von Jeffy.

Hanna steht ungläubig in der Tür zum Bauwagen. Jeffy rafft umherliegende Klamotten zusammen. Tastend durchstreift er den dunklen Wagen. Hanna schaltet Licht ein. Eine einsame Glühlampe pendelt an der Decke. Kaltes Licht erhellt den funktionell eingerichteten Raum. Jeffy bedeutet ihr, sich zu setzen. Hanna lässt sich vorsichtig auf den einzigen Stuhl nieder. Jeffy sucht nach Kaffee. Hannas Blick streift die triste, schmuddelige Einrichtung. Jeffy ahnt es.

Jeffy: Hierher verirrt sich sonst ja niemand. – Kaffee?

Hanna nickt stumm. Jeffy lauscht auf eine Antwort.

Hanna: Ja! Ja, klar! Entschuldige.

Jeffy bereitet Kaffee.

Jeffy: *(lachend)* Es gab nur eine Frau, solange ich sehen konnte und solange ich blind bin: Bernadette.

Hanna: Und deine Mutter?

Jeffy: Es gab Bernadette. Es gab den alten Jeffy Jeffkowitz. Meine Mutter war nie auf dieser Welt.

Hanna umarmt ihn. Sofort drückt Jeffy sie lustvoll gegen die Wand. Hanna wehrt sich heftig.

Hanna: Ich laufe doch nicht dem einen Wichser davon, um es mir vom anderen besorgen zu lassen?!

Hanna stößt Jeffy von sich. Beide belauern sich gegenseitig. Das Wasser köchelt.

Jeffy: *(leise)* Hanna?

Hanna zieht den Stuhl schützend vor sich. Sie beobachtet Jeffy. Sicherheitshalber öffnet sie leise das Fenster. Jeffy schließt die Tür. Einen Moment lang ist Hanna nur von Dunkelheit umgeben.

Hanna: Jeffy? Jeffy, sag was! Ich schreie!

Stille. Rascheln. Ein leichter Windzug drückt das Fenster einen Spaltbreit auf. Im dämmrigen Licht: Hanna und Jeffy stehen umarmt, er streichelt sie zärtlich. Hanna sieht durch das offene Fenster Bernadette und zieht Jeffy ins Dunkle weg.

Außen. Tag. Bauwagen von Jeffy.

Die Tür des Bauwagens ist geschlossen. Bernadette tritt aus dem Schatten eines Buschwerks. Sie steht ausgesperrt, zögert, geht einige Schritte zurück zur Tankstelle, kehrt um, baut sich wieder

*vorm Bauwagen auf. Sie lauscht, aber es ist still hinter der Tür.
Bernadette verschwindet unverrichteter Dinge.*

Außen. Tag. Tankstelle.

*Die Situation gleicht jener vom Anfang: Jeffy steht auf der Leiter
und justiert das abgerissene Tankstellenschild. Der Hund liegt in
der Sonne. Bernadette sortiert Ölkanister. Hanna stöbert neugierig auf dem Gelände herum. Jeffy steigt von der Leiter. Er tastet
sich seine Wegmarkierungen entlang: von der Hausecke zum
Aufsteller, vom Aufsteller zum Papierkorb, von dort fünf Schritte
bis zur Werkstatttür. Hanna folgt ihm unbemerkt auf dem Fuß.
Sie verschiebt alle Wegmarkierungen oder sammelt sie einfach auf.
So amüsiert nimmt Hanna die Tankstelle ein. Bernadette beobachtet sie misstrauisch.*

*Ein nobles Wohnmobil mit deutschem Kennzeichen nähert sich.
Am Lenkrad ein pensionierter Beamter im korrekten Anzug -
wenn auch „urlaubsgemäß" krawattenlos. Ein kleiner Junge (9)
dirigiert seinen Opa. Der Wagen stoppt. Die Schiebetür öffnet
sich. Eine Frau (70) – in Shorts, hochgebundener Bluse und
hypermoderner Sonnenbrille – eilt mit Wasserkanister los. Der
Opa hantiert an der Benzinsäule. Der Junge springt aus dem
Wagen.*

Junge: ... Und die wohnen hier bestimmt auch noch!!
Großpaps, eh Großpaps! Soll ich uns 'ne Coke ziehen?

*Bernadette übernimmt das Betanken des Wagens. Opa und
Enkel eilen in den Verkaufsraum.*

Innen. Tag. Verkaufsraum.

Opa und Enkel betreten die Tankstelle. Sofort durchstöbert der Junge die Regale. Er greift ein Computerspiel heraus.

Junge: Eh, Großpaps! 16 Bit-Teile!! So was kauft doch keiner mehr.

Jeffy: 56 Liter Super. Macht 85,50!

Junge: Bleifrei!

Jeffy ignoriert den vorlauten Bengel.

Jeffy: 85,50.

Bernadette betritt den Verkaufsraum. Sie postiert sich schweigend hinter ihrem Imbisstresen. Sie animiert den Jungen mit Leckereien. Der nähert sich mit hungrigem Blick.

Junge: Eh, Großpaps! Die Frau soll Dir einen Hot Dog geben!

Bernadette: 'nen einfachen?

Junge: Ich nehme immer 'nen einfachen!

Bernadette packt alles zusammen.

Junge: Großpaps! Eh, Großpaps!! Die Frau soll dir einen Super Hot Dog geben!

Opa: Entscheide Dich!

Junge: Tue ich doch gerade!

Bernadette bereitet sorgfältig das Hot Dog. Es herrscht plötzlich beklemmende Stille. Der Opa blickt sich um: In der Ecke steht Hanna, von einem Regal fast verdeckt. Sie beobachtet das Treiben. Jeffy putzt wortlos die Gläser seiner Sonnenbrille. Der Opa zieht den Jungen langsam zu sich.

Opa: Sie gab es aber früher hier nicht, was!?

Jeffy hebt den Kopf fragend in seine Richtung.

Opa: Die Straße ging weiter nördlich. Auch den Weg gab es nicht. Das Gutshaus vielleicht, aber sonst ... Ein Tümpel war hier. Damals konnte man ja noch überall baden. Wir sind immer mit den Rädern raus! Meine Frau und ich. Luftwaffenhelferin, wissen sie ... – Meine Frau wollte die Russen aufhalten. Ausgerechnet meine Frau!

Der Opa lächelt bemüht und blickt erwartungsvoll in die Runde. Jeffy, Hanna und Bernadette puzzeln beschäftigt vor sich hin. Keiner reagiert auf den bemühten Scherz des alten Mannes. Bernadette nickt beiläufig, aber freundlich. Eilig nimmt der Opa Bernadette das Hot Dog ab. Er zählt Münzen auf den Tresen.

Opa: Na ja... – Mensch, sie haben es so schön hier: Wald, Wiesen, Seen. Wo gibt es das noch in Deutschland. *(Er zögert peinlich berührt)* Also, in Deutschpolen, also hier, bei ihnen ... ?!

Der Opa schüttelt den Kopf. Er will gehen, kehrt aber zurück und tritt sehr nah an Jeffy heran.

Opa: Ich sage ihnen mal was: Reißen sie das alles ab! Pflanzen sie ein paar schöne Bäume. Was meinen sie, was das an Gästen herzieht. Sie haben doch alles! Sie müssen nur was daraus machen!

Jeffy, Hanna und Bernadette nicken nur stumm. Die Frau des alten Mannes taucht in der Tür auf. Sie schwitzt und schleppt schwer an dem vollen Wassereimer.

Frau: Herbert, komm'schte?

Opa: Na ja, nichts für ungut. Viel Erfolg noch.

Der Opa zieht den Jungen schnell ins Freie. Hanna und Bernadette blicken dem davonfahrenden Wohnmobil nach. Auch Jeffy lauscht. Kopfschüttelnd und grinsend machen sie sich an die Arbeit. Hanna kommt hinterm Regal hervor. Sie begutachtet Bernadettes Tresen.

Hanna: Dem Bengel hätte ich dreifach Senf reingeschmiert. Damit ihm sein Gequatsche für immer vergeht.

Hanna langt übern Tresen und probiert Imbisszutaten. Bernadette blickt entrüstet zu Jeffy, der keine Reaktion zeigt. Hanna prustet und spuckt alles wieder aus.

Hanna: Na, bei dem Geschmack kotzt sowieso jeder von selbst.

Bernadette deckt ihren Tresen ab.

Bernadette: Verpiss dich! Du kannst Matratzen testen, aber nicht meine Hot Dogs!

Bernadette räumt ihren Snacktresen zusammen. Sie hofft auf Unterstützung von Jeffy. Aber der putzt noch immer schweigend seine Brille. Hanna dreht sich schnippig auf dem Absatz um und stöckelt aus dem Verkaufsraum.

Vor dem Verkaufsraum lungert Hanna gelangweilt über den weiten Vorplatz. Bernadette beobachtet sie aus dem Augenwinkel. Jeffy wendet sich an Bernadette, ohne sein Brillenputzen zu unterbrechen:

Jeffy: Was macht sie?

Bernadette: Nichts.

Jeffy setzt seine Brille auf. Er tastet sich hinaus.

Außen. Tag. Tankstelle.

Jeffy sucht lauschend auf dem weiten Vorplatz nach Hanna. Sie ist nirgends zu finden. Aus dem Lagerschuppen dringen polternde Geräusche. Jeffy geht hinüber.

Innen. Tag. Lagerraum der Tankstelle.

Die zum Lager umfunktionierte Werkstatt. Hinter Warenregalen türmen sich alte Ersatzteile, verrostetes Werkzeug hängt an den Wänden, Spinde und Werkbänke stehen, teils windschief, in den Ecken. Jeffy tastet sich näher. Es poltert. Endlich taucht Hanna zwischen Kisten auf.

Jeffy: Geschäft ist Geschäft.

Hanna: Und Liebe ist Liebe.

Hanna zieht eine Plane von einem verstaubten, offenen „Wehr-machtskübel".

Jeffy: Schrott. Weiß Gott, wer den hier vergessen hat.

Jeffy wendet sich demonstrativ zum Gehen. Hanna setzt sich fas-ziniert hinters Lenkrad.

Hanna: Zu geil zum Verstauben.

Jeffy schüttelt energisch den Kopf. Er will die Plane wieder darüber decken. Aber Hanna zieht Jeffy zu sich ins Auto. Sie begutachtet die technischen Details. Jeffy sitzt in Gedanken versunken. Han-na umgreift das Lenkrad.

Hanna: He?! Wie sind die Straßen draußen?

Jeffy: Holprig. Ziemlich.

Jeffy grinst. Hanna holpert auf ihrem Sitz auf und ab. Plötzlich scheppert sie mit Blechteilen, erst leise, dann laut, dann wieder leiser werdend.

Hanna: Ein LKW. Der ist schneller als wir.

Jeffy nickt begreifend und macht nun doch mit: Er scheppert ebenfalls mit Blech.

Jeffy: Noch mal der LKW. Hat was vergessen.

Hanna kurbelt lachend das Fenster herunter.

Hanna: Ziemlich warm , was?

Hanna entkleidet sich – immer mit einer Hand am Lenkrad kurbelnd.

Hanna: Ein See! Wollen wir baden?!

Hanna pfeift leise wie ein Vogel. Sie raschelt mit Holzwolle aus dem zerschlissenen Autositz. Sie zerbricht Holzstücke, wie Äste. Jeffy verharrt regungslos. In seinen Brillengläsern spiegeln sich die Werkstatttore, die sich weit öffnen. Sonne flutet herein.

Hanna: Diese Sonne. Was für ein Sommer! Wahnsinn!

Eine Rückblende ins Jahr 1980: Aus dem Gegenlicht taucht der Vater auf. Er hantiert rauchend an einer Tanksäule. Der kleine Jeffy spielt daneben. Plötzlich ein Funke. Feuer, Explosionen. Der Vater flieht brennend. Bernadette rettet Jeffy. Asche regnet auf den alten „Wehrmachtskübel“ nieder.

Hanna und Jeffy sitzen entkräftet und eng umschlungen in der Fahrerkabine des Wagens.

Hanna: *(leise)* Wir sind da.

Hanna entwindet sich sanft Jeffy. Sie steigt aus, öffnet weit das Tor. Straßengeräusche dringen herein, Krähen schreien. Hanna steht in ihrem weißen Kleid inmitten purpurner Abendsonne.

Hanna: *(leise)* Komm.

Jeffy steigt aus und folgt ihr.

Innen. Dämmerung. Verkaufsraum der Tankstelle.

Jeffy tastet sich eilig durch die Tür. Er beachtet Bernadette nicht, die gelangweilt Fernsehen guckt. Jeffy geht zielgerichtet zu einem Regal. Er greift einen Karton Wein und – vermeintlich – zwei Flaschen Bier. Er öffnet eine Flasche, trinkt und spuckt Cola aus. Er kostet die andere Flasche, es ist: ebenfalls Cola. Irritiert geht Jeffy noch einmal den Weg von der Tür zum Regal und greift erneut nach einer Flasche: wieder ist es Cola. Er prüft an anderer Stelle, da stehen Flaschen statt Weinkartons. Jeffy sortiert alles geduldig zurück.

Jeffy: Hier ist nichts an seinem Platz?

Bernadette: *(aufgebracht)* Hier ist ja auch nichts mehr, wie es einmal war!

Jeffy hält erstaunt inne. Bernadette nähert sich, ohne Jeffy eines Blickes zu würdigen. Sie nimmt ihm die Getränke aus der Hand und stellt sie zurück.

Bernadette: Hier Bier, dort Cola. Ist logischer. Die Leute kaufen viel mehr Bier.

Jeffy fällt ihr in den Arm. Er zwingt sie zu verharren, bis sie sich fügt. Aber Jeffy umarmt sie unerwartet liebevoll. Dann lässt er sie wortlos stehen.

Außen. Dämmerung. Bauwagen von Jeffy

Jeffy kehrt nachdenklich zum Bauwagen zurück. Hanna nimmt ihm verwundert die Flasche ab, öffnet sie. Sie hat Kerzen angezündet. Wieder erspürt Jeffy mit seinen Händen die Wärme.

Jeffy: *(leise)* Sie mag dich nicht.

Hanna betrachtet sich aufmerksam in einem Spiegel. Sie wiegt den Körper, als würde sie tanzen. Sie summt leise eine Musik. Ihre Augen sind geschlossen. Als sie sie öffnet, ist sie enttäuscht: Jeffy nimmt sie nicht wahr. Er steht noch immer in Gedanken versunken.

Jeffy: Du musst gut aussehen?!

Hanna: Brauchst du sie, um das zu wissen?!

Hanna wartet, aber Jeffy zeigt kein Interesse. Hanna schleicht sich beiseite und verharrt schweigend. Jeffy bemerkt plötzlich die Leere. Er lauscht und läuft ziellos umher. Blechschüsseln scheppern zu Boden. Jeffy dreht sich abrupt um. Wieder Stille. Jeffy lauscht. Er hört Hannas Atem; er langt nach ihr. Sie entzieht sich seiner Hand. Jeffy spürt Hanna immer wieder auf. Ohne Worte, ohne Geräusche. Jeffy spürt Hanna an der Wärme ihres Körpers, dem Flirren der Luft, durch das Verdecken ferner Geräusche. So nähern und entziehen sich beide fortlaufend. Stilles Berühren und Entkommen. Nähe und Distanz. Hanna klettert auf Kisten, dann auf ein altes Autowrack. Jeffy tastet ihr nach. Sie führt ihn – stumm und ohne ihn zu berühren. Hanna erklimmt das Dach des Bauwagens. Jeffy folgt ihr und zieht Hanna zu Boden. Beide rollen umschlungen übers Dach. Immer beängstigend nah, der Tiefe und der Gefahr hinabzustürzen, ausgesetzt. Der Bauwagen ist ihnen eine kleine Insel. Hanna und Jeffy liegen auf dem Dach. Er umarmt sie schützend. Die Krähen kreischen auf.

Jeffy: Als Junge habe ich von hier oben all den Autos nachgeschaut. Später auch den Frauen und ihren Brüsten. Nicht einmal Bernadette wusste das.

Hanna: Jetzt hast du mich. Schau!

Hanna posiert stolz mit herausgestreckter Brust. Bis sie sich an Jeffys Blindheit erinnert. Hanna führt seine Hand behutsam an ihren Körper. Jeffy tastet über ihre Haut. Plötzlich entzieht sich Hanna sanft.

Hanna: *(leise)* Ich hab noch nie mit einem — *(sie sucht zögernd nach Worten)* ... mit einem Blinden.

Jeffy zieht Hanna zu sich. Aber sie entwindet sich ihm und flieht vom Dach.

Außen. Dämmerung. Bauwagen von Jeffy.

Jeffy steht allein auf dem Dach des Wagens. Er lauscht. Am Rand eines kleinen Wäldchens steht Hanna im letzten Sonnenlicht. Wie ein scheues Reh. Leise summt sie vor sich hin. Hanna macht sich so — wie immer — Mut. Immer rhythmischer summt sie, immer energischer gestikuliert sie dabei und läuft mit weitausholenden Schritten auf und ab. Endlich bleibt sie stehen und verstummt. Plötzlich reißt sie eine blonde Perücke vom Kopf: lange, dunkle Haare werden sichtbar. Hanna schüttelt kräftig ihr Haar aus. Sie kehrt zielstrebig zu Jeffys Bauwagen zurück.

Außen. Nacht. Tankstelle.

Es ist dunkel. Die Tankstelle liegt verlassen und verschlossen. Nur in Bernadettes Bauwagen brennt ein letztes Licht.

Außen. Nacht. Tankstelle.

Plötzlich: Autos fahren vor, parken kreuz und quer, jagen über den Vorplatz. Jugendliche lassen Motoren aufheulen. Andere versuchen durch Fenster ins Kellerkasino zu gelangen. Immer mehr Autos jagen heran. Wallmanns Mercedes rollt ebenfalls langsam näher und bleibt abseits stehen. Die Scheibe fährt herunter. Wallmann beobachtet aus dem Auto heraus die Randale. Henryk, der Schmächtige und andere Kerle ziehen gegen Bernadettes Wohnmobil. Henryk hämmert gegen die Tür.

Henryk: Berni! Komm raus!

Schmächtiger: Und her mit dem Whiskey!

Bernadette öffnet die Tür einen Spalt breit.

Bernadette: Heut´ ist dicht. Haut ab!

Schmächtiger: Wir wollen saufen!

Der Schmächtige grinst sie herausfordernd an. Bernadette knallt die Tür zu.

Bernadette: Haut ab!

Die Kerle schaukeln das Wohnmobil auf. Es droht umzukippen. Entfernt hupt Wallmann. Sofort lassen die Kerle vom Wohnmobil ab. Wallmann startet sein Auto und rollt langsam in die Dunkelheit davon. Grölend ziehen die Kerle zum Verkaufsraum. Durch die zerschlagene Tür wird kistenweise Alkohol herausgereicht. Bernadettes Gesicht — angstverzerrt — taucht hinter dem Fenster ihres Bauwagens auf.

Außen. Nacht. Auf dem Dach des Bauwagen.

Jeffy und Hanna liegen wieder eng umschlungen auf dem Dach des Bauwagens. Jeffy streichelt Hanna. Seine Hand durchfährt ihr dunkles Haar. Immer wieder tastet Jeffy ungläubig Strähnen ab.

Hanna: *(verschlafen)* Was ist?

Jeffy: Ach, nichts. Deine Haare knistern nicht mehr. Die sind so anders?

Das Geschrei der Jugendlichen tönt immer aggressiver herüber. Jeffy sucht nach seiner Sonnenbrille. Umherstreifende Autoscheinwerfer spiegeln sich in den Gläsern. Jeffy lauscht dem Geschrei der Jugendlichen. Hanna räkelt sich. Jeffy entwindet sich ihrer Umarmung. Er will vom Dach hangeln. Hanna hält ihn zurück.

Hanna: Du willst jetzt wirklich eine Tankstelle gegen mich, eine Frau, tauschen?

Hanna zieht Jeffy zurück aufs Dach. Zögernd lässt er es geschehen. Immer wieder hält er lauschend inne. Hanna fällt liebkosend über ihn her. Flaschen klirren. Eine Metalltonne rollt scheppernd über den Asphalt. Unter dem lauten, brutalen Geschrei der Jugendlichen lieben sich Hanna und Jeffy auf dem Dach des Bauwagens.

Innen. Tag. Verkaufsraum der Tankstelle.

Am nächsten Morgen. Der Verkaufsraum ist verwüstet: Ware liegt aufgebrochen am Boden, Werbeaufsteller sind umgestürzt, Flaschenscherben türmen sich in Getränkelachen. Bernadette sitzt hinterm Verkaufstresen. Sie blättert unbekümmert in einer Zeitung. Jeffy betritt den Raum. Glas platzt unter seinen Füßen. Die Tür schlägt an, krachend bricht die Scheibe in sich zusammen. Bernadette packt die Zeitung beiseite und macht Jeffy Platz, aber der bleibt an der Tür stehen.

Jeffy: Danke.

Bernadette: Sie haben nicht an mir rumgefingert, nur falls du dir zufällig Sorgen wegen mir machen solltest.

Jeffy quittiert die bissige Bemerkung mit einem Lächeln.

Jeffy: Was fehlt?

Bernadette vertieft sich demonstrativ in ihre Zeitung.

Jeffy: Was fehlt?!

Bernadette antwortet nicht.

Jeffy: Ich bezahle dich für deinen Job. Nicht als Geliebte. Also pack' die Zeitung weg und räum´ auf!

Von draußen dringt Hannas Stimme herein.

Hanna: Frühstück!

Jeffy zögert, verlässt dann aber doch den Verkaufsraum. Bernadette starrt ihm sprachlos nach.

Innen, außen. Tag. Bauwagen von Jeffy.

Hanna bereitet in der Kochnische des Bauwagens das Frühstück. Sie beugt sich erneut aus dem Wagen und brüllt sicherheitshalber noch lauter über den Platz:

Hanna: Jeffy!

Hanna packt das Essen auf ein Tablett und verlässt den Wagen. Sie tapst clownesk, mit geschlossenen Augen, die Treppe hinunter. Das Tablett balanciert auf der ausgestreckten Hand. Zögernd setzt Hanna einen Fuß vor den anderen. Jeffy erreicht den Bauwagen. Er verharrt aufhorchend. Sofort ahnt er das Spiel, das Hanna treibt. Er bleibt auf Distanz.

Hanna: Na, gar nicht so schwer.

Hanna öffnet die Augen. Jeffy reagiert nicht.

Jeffy: Das ist kein Spiel.

Hanna deckt den Tisch. Ihre gute Laune ist fort.

Hanna: Wenn ich dich schon irgendwann bemitleiden soll, will ich wenigstens wissen, warum!

Jeffy bleibt unentschlossen stehen. Er tastet nach Brot und Käse. Kaffee schlürfend will er los. Hanna springt auf, sie drückt Jeffy auf einen Stuhl. Sie stopft ihm Brot und Obst in den Mund. Jeffy und Hanna raufen lachend miteinander.

Jeffy: Irgendwann!? Hast du es auf mein Leben abgesehen? Willst du ewig bei mir bleiben?!

Hanna: Ich bin nicht deine Bernadette!

Jeffy hält plötzlich inne. Mit ernster Stimme hält er dagegen:

Jeffy: Nein. Die bist du wirklich nicht.

Er erhebt sich und geht wortlos zum Verkaufsraum.

Hanna: Was war eigentlich die Nacht los?!

Jeffy antwortet nicht. Hanna winkt unbekümmert ab. Sie genießt lieber das Frühstück unter blauem Himmel. Der Hund asselt, Hanna wirft ihm Wurst zu. Sie schließt die Augen. Plötzlich schreckt sie auf: Lautlos ist Bernadette aufgetaucht. Sie steht hinter ihr und starrt überrascht auf Hannas dunklen Haarschopf. Bernadette setzt sich. Sie beginnt ungefragt zu frühstücken und deutet auf Hannas ungewohnte Haarfarbe.

Bernadette: Haben sie es endlich kapiert: Jeffy steht auf dunkle Haare?!

Hanna: Würde er das wirklich, wüsste er, dass nicht immer ein geiles Gesicht dazugehört.

Hanna belächelt abfällig Bernadettes Äußeres. Bernadette lächelt unbeeindruckt.

Bernadette: Wofür bezahlt er *sie* eigentlich?

Hanna blickt sie fragend an.

Bernadette: Ach, vergiss' es! – Jeder Kerl kehrt irgendwann zurück.

Bernadette stopft sich den Mund voll und lehnt sich genüsslich zurück.

Innen. Tag. Verkaufsraum der Tankstelle.

Der verwüstete Verkaufsraum. Jeffy tastet sich hockend über den Boden. Er räumt alleine den Dreck beiseite. Er fegt Scherben zusammen, wischt Bierlachen auf und sortiert Ware. Noch einmal kontrolliert er das Getränkeregal: Bernadette hat doch wieder umdekoriert. Jeffy sortiert die Getränke zurück – gibt aber schon nach kurzer Zeit auf. Er kraucht, weiterwischend, über den Boden.

Innen. Tag Bauwagen von Jeffy.

Hanna lungert auf dem Bett. Sie hat die Beine auf den Tisch gelegt. Sie kramt nach Zeitungen und Büchern, findet aber nirgends etwas. Unterm Fuß einer Sitzbank klemmt ein altes, abgeledertes Buch. Hanna blättert enttäuscht in den vergilbten Seiten und wirft es beiseite. Sie kramt ein altes Röhrenradio hervor, das in einer Ecke als Ablage dient. Hanna sitzt davor und wartet, aber das Radio schweigt. Hanna rüttelt und zerrt am Stecker: plötzlich tönt Musik aus dem Radio. Hanna stößt die Fensterläden auf. Frische Luft weht herein. Sie räumt den Wagen auf, wischt und fegt. Sie schiebt Möbel beiseite, sortiert umherliegende Kleidungsstücke. Sie probiert und schätzt ab. Schließlich schiebt sie einen großen Schrank als Raumteiler zwischen Tür und Fenster. Hanna sieht Jeffy auf den Bauwagen zukommen. Er läuft am Frühstückstisch vorbei. Dort sitzt noch immer Berna-

dette. Er bemerkt sie nicht. Hanna schaltet das Radio ab und setzt sich erwartungsvoll.

Außen, innen. Tag. Bauwagen von Jeffy.

Jeffy füllt Wasser in eine Waschschüssel. Er tastet sich die Treppe hinauf, bleibt aber an der Tür stehen. Er kehrt um, steigt noch einmal die Stufen hinauf. Wieder bleibt er in der Tür stehen. Hanna sitzt auf dem Bett. Jeffy steht in der Tür, dem geöffneten Fenster genau gegenüber, dazwischen der verrückte Schrank. Jeffy geht ungläubig einen Schritt vor, bleibt aber stehen. Hanna lächelt erwartungsvoll.

Jeffy: Hanna, was steht hier?!

Hanna: *(stolz)* Ich habe umgeräumt. Sieht besser aus.

Jeffy: Sieht besser aus!!? – Ist das Fenster auf?

Jeffy tastet das offene Fenster ab.

Jeffy: Wie soll ich merken, ob das Fenster auf ist, wenn du mir den Weg verstellst?!

Hanna begreift nicht, blickt sich im Raum um. Jeffy tastet sich vorwärts, poltert gegen den Tisch, verliert die Orientierung und knallt zu Boden. Hanna hilft ihm auf. Jeffy stößt sie von sich.

Jeffy: Räum´ den gottverdammten Schrank dorthin, wo er stand!!

Hanna steht starr. Jeffy verharrt. Er lauscht.

Jeffy: Ich hör´ nichts?! Ich hör´ nichts!

Mühsam wuchtet Hanna den Schrank zurück. Es fällt ihr schwer, immer wieder rutscht sie ab. Sie heult. Bernadette beobachtet sie vom Fuß der Wagentreppe aus. Jeffy tastet kontrollierend durch den Wagen, ob alles an seinem Platz ist.

Jeffy: Macht denn hier jeder, was er will?!

Jeffy sieht nicht: An den Wänden hängen Polaroids – Hanna auf den Kühlerhauben schräger Automodelle. Immer wieder blickt Hanna ängstlich zu Bernadette, aber die verrät nichts. Endlich: Jeffy tastet sich wütend aus dem Wagen. Bernadette – noch immer am Fuß der Treppe – wartet bis Jeffy verschwunden ist. Hanna wischt sich den Rotz aus dem Gesicht. Bernadette betritt den Wagen. Sie reißt langsam Hannas Fotos herunter und knallt sie ihr auf den Schoß. Dann verschwindet auch sie.

Außen. Dämmerung. Lagerraum der Tankstelle.

Sonnenuntergang. Jeffy tastet sich die Wand zum Lager entlang. Er erreicht das Fenster. Seine Hand gleitet über das – bei dem nächtlichen Überfall – zerschlagene Glas. Jeffy verschwindet in der Werkstatt und kehrt mit Glas, Kitt und Werkzeug zurück. Bernadette nähert sich. Jeffy lauscht. Bernadette steht einige Meter abseits und beobachtet ihn stumm. Mit einem Strick misst Jeffy das Fenster aus und schneidet die Scheibe zurecht. Plötzlich spürt er Bernadettes helfende Hände. Beide reparieren gemeinsam das Fenster.

Bernadette: Mit so einer kannst du doch nicht wegwollen?! Sie weiß nichts über dich!

Jeffy unterbricht seine Arbeit. Er überlegt.

Jeffy: Dann komm' du doch mit?!

Bernadette schüttelt energisch den Kopf. Sie verschwindet. Jeffy arbeitet grinsend weiter. Ein Auto fährt heran. Jeffy lauscht.

Jeffy: *(leise zu sich)* Wallmann.

Jeffy lauscht noch einmal kurz, nickt dann bestätigend und geht zur Auffahrt. Dort biegt tatsächlich der dunkle Mercedes ein. Wallmann springt leichtfüßig aus seinem Auto.

Wallmann: Du kannst mir eine Frau wegnehmen, aber kein Geschäft!

Wallmann entrollt Baupläne und Skizzen auf dem Dach des Autos.

Wallmann: Jetzt hab´ ich alles, was ich brauche: Pläne, Bescheide, Investoren ...

Jeffy tritt näher. Er fühlt die Papiere, seine Hände fahren über die Skizzen. Bernadette tritt ebenfalls heran. Auch Hanna nähert sich nun neugierig. Sie grüßt Wallmann stumm nickend, der ihr nur einen abfälligen Blick zuwirft. Plötzlich stutzt er: Hanna trägt statt der blonden Perücke ihre dunklen Haare.

Wallmann: Was stört das einen Blinden...

Jeffy horcht auf. Für einen Moment fixieren sich Wallmann, Bernadette und Hanna. Aber Wallmann schweigt grinsend.

Wallmann: Jeffy! Die Zeit drängt.

Auch Bernadette und Hanna warten ungeduldig auf Jeffys Entscheidung. Jeffy streicht über die Pläne.

Jeffy: Wirklich schön. Und sicher innovativ oder so etwas, was?

Jeffy riecht am Papier, er raschelt zwischen den Fingern und lauscht mit nahen Ohren.

Jeffy: Aber ich will gar nicht weg.

Mit einem heftigen Ruck zerreißt er die Baupläne, bevor Wallmann es verhindern kann. Bernadette wirft Hanna einen triumphierenden Blick zu.

Wallmann: Jeffy! Ich warte nicht länger! Letzte Nacht, das war nur ein Vorspiel! Ich finde genug Leute.

Wallmann brüllt Jeffy nach. Aber Jeffy lässt ihn grußlos stehen. Wallmann wettert nun gegen Hanna. Die dreht sich – schnippig und unbekümmert – weg. Aber ihr trauriger Blick verliert sich in der Ferne.

Wallmann: *(hämisch)* Und Sie...?! Sie wollen wirklich *hier* ihr Herz verlieren?

Hanna: So viel verliert man heutzutage nicht mehr.

Bernadette horcht auf und wirft Hanna einen verwunderten Blick zu. Wallmann grinst Hanna abfällig an. Er öffnet die Kofferklappe seines Mercedes. Er knallt Hanna ihren Reisekoffer vor die Füße.

Hanna: Das ist nicht alles.

Wallmann steigt grinsend ein und rast davon. Noch einmal stoppt er abrupt. Er ruft Jeffy über den weiten Platz zu.

Wallmann: Jeffy! Gib auf!

Wallmann rast los.

Außen. Tag. Brachland.

Ein Schutthaufen hinter der Tankstelle, von Gras überwuchert. Jeffy hockt am Boden. Er sammelt Ziegelsteine zusammen und schlägt alten Putz ab. Er stapelt die Steine sorgfältig übereinander. Das Schlagen des Hammers hallt über den Platz. Bernadette blickt neugierig um die Ecke. Sie stutzt, ihr Gesicht erhellt sich, dann verschwindet Bernadette. Kurz darauf taucht sie mit einem Hammer in der Hand auf. Sie hockt sich wortlos neben Jeffy und behaut ebenfalls Steine. Jeffy grinst. Jetzt hallen die Schläge beider über den Platz: doppeln, überlagern und vermischen sich schließlich zu einem Schlag.

Innen. Tag. Hotel Wallmann.

In der kleinen Empfangshalle: Wallmann kommt die Treppe herunter. Er ist schwer beladen mit einem Pappkarton voller geklauter Autoteile. Wallmann verschwindet mit dem Pappkarton in seinem Büro.

Außen. Tag. Lagerraum.

*Angrenzend an die Wand zum Lagerraum: Abgeklopfte Ziegel-
steine sind auf einen Haufen geschüttet. Jeffy robbt auf Knien über
den Boden. Er legt Mauersteine als ein Grundriss aus. Deutlich
sind die einzelnen Räume zu erkennen. Bernadette kippt eine
Schubkarre mit Steinen aus. Jeffy tastet sich zwischen den ange-
deuteten Raumlinien entlang. Er preist euphorisch seinen Plan.*

Jeffy: Hier, genau hier! Küche, Bad. Hier Bernadette.
Hier Jeffy. Hier Hanna.

Bernadette setzt die Schubkarre ab.

Bernadette: Mit dem Flittchen unter einem Dach?

Jeffy antwortet nicht. Er legt unbeirrt Stein für Stein aneinander.

Bernadette: Sie oder ich!

*Sie lässt die Schublade zu Boden knallen und rennt zu ihrem
Wohnmobil. Jeffy lauscht. Hanna blickt ihr nach.*

Außen. Tag. Wohnmobil von Bernadette.

*Das abgefuckte Wohnmobil Bernadettes. Sie packt wieder einmal
ihre Sachen. Sie zerrt Wäsche von der Leine und stopft alles in
eine viel zu kleine Reisetasche. Sie knallt Stühle, Tisch und
Eimer in den Wagen. Als Bernadette starten will, streikt der
Motor. Nichts passiert. Bernadette ist wütend. Schieben, hebeln,
ziehen – alles bleibt erfolglos. Das Rostmobil – von Grasnarben*

umwachsen – bewegt sich keinen Meter. Bernadette tritt gegen die Karosserie. Eine Tür kippt scheppernd aus den Scharnieren.

Innen. Tag. Kasinoraum.

Jeffy sitzt am Roulettetisch – reglos. Er hat die Augen geschlossen. Seine Finger gleiten über die Roulettekugel. Jeffy prüft ihr Gewicht in der hohlen Hand. Er rollt die Kugel auf dem ebenen Tisch hin und her. Jeffy lauscht – das Ohr an der Tischkante. Mit feinem Sandpapier schmirgelt er wieder und wieder die Kugel und prüft ihren Lauf im Roulettekessel. Hanna tritt herein. Sofort versteckt Jeffy die Kugel. Hanna umarmt ihn zärtlich.

Jeffy: Wallmann bekommt nichts! Lieber mach' ich dicht!

Hanna: Und Bernadette?

Jeffy: *(grinsend)* Ich zahl' ihr eine Abfindung.

Hanna: Dann *musst* du verkaufen. Oder spielen.

Jeffy lässt die Kugel in den Kessel gleiten. Mit monotonem Geräusch trudelt die Kugel aus. Jeffy lauscht. Hanna lehnt am Tresen. Leise klingt ein Glas. Hanna gießt sich gluckernd Wein ein. Sie setzt sich ahnungslos – die Beine überschlagen – auf die Tresenkante. Jeffy erhebt sich langsam. Er geht zur Tür, dreht sich um und läuft zielgerichtet auf den Tresen zu. Hanna blickt ihm verwundert zu. Jeffy verfehlt Hanna um Armeslänge. Er zieht sie zu sich heran. Dann streichelt er sie behutsam.

Jeffy: Für uns bliebe immer noch genug.

*Hanna hält Jeffys streichelnde Hand fest. Er will weiter schmu-
sen, aber Hanna entzieht sich ihm. Jeffy zieht sie sanft zurück,
immer derber, bis Hanna ihren Widerstand aufgibt. Sie fügt sich.
Jeffy zieht Hanna über den Tresen. Beide treiben es miteinander,
wie sonst Jeffy und Bernadette an diesem Platz. Bernadette steht
in der offenen Tür, in der Hand ihre Reisetasche, und sieht es mit
resigniertem Blick. Bernadette geht. Jeffy lauscht nur kurz.*

Außen. Tag. Landstraße.

*Mit ihrer abgelederten Reisetasche läuft Bernadette – immer
zögerlicher und unentschlossener – die Landstraße hinunter.
Neben ihr trottet – vor Freude umherspringend – der Hund. Ein
Motorrad nähert sich in der Ferne. Bernadette weicht instinktiv
zum Straßenrand aus.*

Außen. Tag. Tankstelle.

*Die Tankstelle liegt verlassen. Der lederbekleidete Biker (25) –
von schwächlicher Gestalt – bockt seine Maschine hoch: Wieder
schneidet er mit einem Messer die Spritzpistole einer Tanksäule
vom Schlauch. Er lässt Benzin in den Motorradtank laufen. Der
Tank schwappt über; der Schlauch knallt zu Boden. Benzin läuft
aus. Der Biker startet den Motor. Sein Blick fällt auf den leeren
Verkaufsraum. Er bockt noch einmal die Maschine auf. Er
rennt zum Verkaufsraum hinüber.*

Außen. Tag. Landstraße.

Bernadette und der Hund verharren am Straßenrand. Bernadette blickt in Richtung der Tankstelle, die nicht einsehbar ist. Es ist still. Bernadette begreift. Sie lässt ihren Koffer fallen. Sie rennt zurück. Der Hund blickt ihr verwirrt nach.

Innen. Tag. Verkaufsraum.

Der Biker plündert die Regale der Tankstelle. Was er greifen kann, stopft er unter seine Lederjacke. Bernadette erreicht atemlos den Verkaufsraum. Der Biker stürzt an ihr vorbei ins Freie. Diebesgut poltert zu Boden. Bernadette zerrt den Biker zurück und klaubt die gestohlene Ware aus seiner Jacke.

Bernadette: Du Schwein!

Biker: He, war nicht so gemeint! Hier, nimm das!

Stück für Stück handelt er mit Diebesgut. Aber Bernadette lässt sich nicht bestechen. Sie wirft Zigaretten und Büchsen achtlos beiseite. Bernadette umklammert den Biker. Jeffy taucht in der Kasinotür auf.

Jeffy: Was ist los!? Bernadette?

Der Biker schlägt Bernadette nieder. Jeffy tappt hilflos umher. Er folgt den Geräuschen, aber der Biker flieht. Bernadette zerrt an seinen Armen. Er schlägt sie erneut zu Boden und flieht ins Freie.

Außen. Tag. Tankstelle.

Der Biker springt auf sein Motorrad. Hanna eilt über den Vorplatz zu Hilfe. Bernadette schlägt auf den Biker ein, Auch Jeffy zieht und zerrt. Der Biker startet durch. Er rast genau auf Hanna zu. Im Vorbeifahren schlägt er sie beiseite. Hanna schreit auf. Sie hält sich die schmerzenden Arme. Dem Biker gelingt die Flucht über unwegsames Gelände. Das Motorradgeräusch verebbt. Bernadette sammelt Diebesgut auf.

Bernadette: Scheiße! Während du rumfickst, räumen die uns den Laden aus!

Jeffy: Stop, Kleene – fahr runter, klar!

Hanna verfolgt schweigend den Streit.

Bernadette: Selbst dein Hund haut vor dem Gestöhne dieser Nutte ab.

Hanna horcht auf. Sofort stößt sie Bernadette im Duktus ihrer Worte vor sich her.

Hanna: Nutte?! Das sagst du?! Hey, ausgerechnet du?!

Bernadette: Mach‘ die Beine breit und besorg’ es dir selbst!

Hanna: Auf mich sind ja die Kerle wenigstens noch scharf!

Beide Frauen raufen miteinander. In einer Staubwolke rollen sie über den ausgetrockneten Kiesboden. Jeffy lauscht schweigend dem Gejammer. Bernadette triumphiert. Sie verjagt Hanna vom Platz:

zerschlagen und zerrissen eilt diese zu Jeffys Bauwagen zurück. Bernadette spuckt Sand aus, sie klopft ihre Jeans ab. Bernadette wartet auf eine Reaktion Jeffys.

Jeffy: Wir sollten Belag drauf bringen. Würde weniger stauben.

Er zeigt auf den Schotterplatz vor sich. Bernadette zieht sich kopfschüttelnd zu ihrem Wohnmobil zurück. Jeffy bleibt allein. Nach langen Sekunden brüllt er laut über den Platz:

Jeffy: Verpisst euch doch alle!!!

Sein Ruf verhallt. Jeffy lauscht. Auf der Landstraße holpert der klapprige Überlandbus vorbei. Jeffy klopft den Rhythmus der erhofften Hupe. Er lauscht. Tatsächlich: Der Bus hupt im selben Rhythmus. Jeffy hebt grüßend den Arm. Mit zufriedenem Lächeln geht er los. Er stutzt: In einiger Entfernung steht Hanna, ihren gepackten Koffer in der Hand. Jeffy geht an Hanna vorbei, ohne sie weiter zu beachten. Auch Hanna geht langsam weiter zu ihrem Auto. Plötzlich: Jeffy lauscht zurück, er dreht sich abrupt um.

Jeffy: Was trägst du?

Hanna bleibt erstarrt stehen.

Jeffy: Dein Schritt ist schwer.

Hanna dreht sich nicht um. Jeffy nähert sich. Er tastet ihr Gesicht ab, ihren Arme, dann den Koffer.

Hanna: Hab' keinen Bock auf Stress.

Jeffy schweigt.

Hanna: Die würde nie Ruhe geben.

Jeffy schweigt.

Hanna: Und ich könnte nie sein, wie sie.

Hanna läuft langsam los. Jeffy hält sie fest.

Jeffy: Wir gehen zusammen, ja?! Wir fangen neu an. Irgendwo in Deutschland. Muss doch keine Spritbude sein. Irgendwas. Du kannst arbeiten, ich kann arbeiten. Okay, ich brauch' ab und zu deine Hilfe, aber ... –

Hanna: Ab und zu? Immer! Eine Ewigkeit! Ich kann das nicht.

Hanna macht sich sanft, aber bestimmt los.

Hanna: Immer mit dir. Immer an einem Ort. Ich kann das nicht.

Jeffy: Bleib!

Hanna beginnt leise zu summen – sie macht sich Mut. Sie erreicht ihr Auto. Sie verstaut ihre Tasche, startet den Motor. Hanna fährt davon. Bernadette tritt aus ihrem Wohnmobil. Sie blickt dem Wagen nach. Hanna winkt aus der Dachluke.

Bernadette: Sie winkt.

Jeffy winkt Hanna nach. Bernadette tritt zu Jeffy heran. Sie umarmt ihn. Er bleibt reglos. Der Hund legt sich zu ihren Füßen. Dahinter die Tankstelle, alles ist wie immer.

Innen. Tag. Verkaufsraum der Tankstelle.

Wochen später. Ein riesiger Pappkarton knallt auf den Verkaufstresen der Tankstelle. Autoteile scheppern. Der Dorfpolizist ächzt vor Anstrengung.

Dorfpolizist: Sie war's!

Bernadette: Sie war's nicht.

Bernadette füllt Bestellformulare aus. Sie bringt ihre Unterlagen in Sicherheit. Ohne aufzublicken füllt sie weiter aus. Jeffy zählt den Warenbestand im Regal.

Bernadette: Jedenfalls war sie nichts für Jeffy und nichts fürs Leben.

Der Dorfpolizist setzt seine dienstlichste Miene auf. Er kramt Scheinwerfer, Mercedesstern, diverse Zündschlüssel und Autoradios hervor.

Dorfpolizist: 2002: ein Benz in Ketrzyn. 2005: ein Golf in Mragowo. Und: …

Er hält eine metallene Jaguarfigur demonstrativ hoch.

Dorfpolizist: 2007: ein Jaguar in Dobre Miasto!

Der Dorfpolizist ramscht alles zusammen.

Dorfpolizist: Also: Wo ist sie?

Jeffy erfühlt die Gegenstände.

Bernadette: Sie war nie wirklich hier. Wenn Sie verstehen, was ich meine. Ein Traum. Sozusagen ein Albtraum.

Der Dorfpolizist blickt Bernadette entgeistert an. Auch Jeffy hält überrascht inne.

Bernadette: Wir haben die hier längst wieder vergessen.

Bernadette winkt den Dorfpolizisten näher. Sie flüstert ihm ins Ohr.

Bernadette: Tun sie es am besten auch.

Der Dorfpolizist strafft seine Uniform. Er wiegt skeptisch den Kopf.

Dorfpolizist: Nur der Form halber: Du weißt auch nicht …?

Bernadette unterbricht ihn unwirsch.

Bernadette: Nein. Nichts.

Der Dorfpolizist hievt seine Kiste hoch und verlässt den Verkaufsraum.

Dorfpolizist: Wenn ihr was hört, meldet euch!

Jeffy: Jawoll.

Jetzt blickt Bernadette überrascht auf. Würde Jeffy Hanna wirklich verraten?

Außen. Tag. Tankstelle.

Eine mondhelle Nacht. Der Hund streunt über den weiten Vorplatz, er scheint nur noch weg zu wollen von diesem Flecken Erde. Jeffy lehnt an der Tür zum Verkaufsraum. Drinnen verriegelt Bernadette die Kasse. Sie löscht das Licht und tritt zu Jeffy hinaus.

Bernadette: Kommst Du?

Jeffy antwortet nicht. Bernadette zieht sich nach drinnen zurück. Sie lässt die Tür einen Spaltbreit geöffnet. Jeffy lauscht in die Nacht. Über ihm pendelt quietschend das schon wieder abgerissene Firmenschild. Jeffy geht um die Tankstelle herum. Durch ein schmal geöffnetes Seitenfenster lauscht er leisem Gläsergeklapper.

Unterdessen im Kasinoraum: Bernadette sitzt auf dem Tresen, die Beine übereinandergeschlagen, die Rotweinflasche neben sich. Sie trinkt.

Jeffy zieht behutsam das Fenster heran. Er geht zu seinem Bauwagen. Der Hund irrt noch immer über den Vorplatz. Das Firmenschild quietscht im Wind.

Außen. Tag. Bauwagen von Jeffy.

Am nächsten Morgen. Jeffy sitzt auf einem Stuhl vorm Bauwagen. Sein Gesicht ist mit Rasierschaum bedeckt.

Jeffy: Bernadette!! Bernadette!!

Jeffy schreit sich die Kehle aus dem Hals. Er lauscht. Bernadette eilt aus dem Verkaufsraum herüber. Jeffy hört ihre Schritte. Bernadette erreicht Jeffy. Wortlos folgt sie seiner Aufforderung.

Jeffy: Rasier' mich!

Bernadette seift ihm das Gesicht ein. Plötzlich greift er das Schaumspray. Er seift Bernadette ein. Sie wehrt sich lachend. Er fällt über sie her, verteilt immer mehr Schaum auf ihr. Eine ganze Spraydose sprüht er leer. Jeffy schiebt ihr Kleid hoch. Er sprüht ihre Beine ein. Bernadette duldet es wehrlos. Jeffy greift nach dem Rasiermesser und rasiert ihr behutsam die Beine hoch. Bernadette lässt es zitternd geschehen. Sie hat die Augen geschlossen. Da rutscht Jeffy ab. Blut rinnt übers Bein. Entkräftet lässt Jeffy von ihr ab.

Jeffy: Lass uns weg hier. Neu anfangen. Jeder für sich.

Bernadette schlägt ihm das Messer aus der Hand.

Bernadette: Nein! Nein!

Bernadette zieht Jeffy derb auf sich. Sie drückt seinen Kopf zwischen ihre Brüste. Jeffy kann kaum noch atmen Er wehrt sich nicht. So liegen beide sekundenlang angespannt, bis Bernadette Jeffy kraftlos wieder freigibt.

Außen. Tag. Tankstelle.

Das abgerissene Firmenschild pendelt hin und her. Die Krähen stieben auf und nieder. Der Hund irrt aufgebracht übers Gelände. Jeffy steht auf der Leiter. Er schraubt – scheinbar, wie immer. Doch diesmal verliert das Firmenschild seinen letzten Halt und fällt krachend zu Boden. Jeffy steigt von der Leiter. Er schleift mühsam das sperrige Schild zum Lagerschuppen. Bernadette steht abseits. Sie beobachtet ihn, hilft aber nicht.

Der Überlandbus fährt an die Tanksäulen heran. Jeffy erkennt den Rhythmus der Hupe. Sein Gesicht hellt sich erwartungsvoll auf. Der Busfahrer – ein 60jähriger, gutmütiger Alter – eilt herbei. Gemeinsam schleifen beide das Schild über den Platz.

Busfahrer: Jeffy?!

Jeffy grinst nur vor sich hin.

Busfahrer: Wirklich?

Jeffy nickt ungewiss, dann ziemlich bestimmt. Beide zerren das Schild in den Schuppen.

Außen. Innen. Tag. Bus.

Der Überlandbus steht an den Tanksäulen. Jeffy lehnt außen, die Zapfpistole steckt im Tank. Das Zählwerk rattert. Jeffy lauscht den Worten des Busfahrers, der über ihm am heruntergekurbelten Fenster sitzt.

Busfahrer: Und mitten im November draußen feiern können. Tag und Nacht. Und das Bier literweise! Oder im Urlaub nach Mallorca. Nächte, wie im Hochsommer. Und Palmen. Hast Du jemals Palmen gesehen?

Er stutzt, grinst über seine unangebrachte Frage.

Busfahrer: Na ja, ich ja auch noch nicht.

Jeffy grinst. Plötzlich: die Zapfpistole rutscht aus dem Tankstutzen.

Jeffy: Scheiße. Mehr geht aber wirklich nicht rein!

Der Busfahrer zahlt und knattert hupend los. Jeffy steht und lauscht ihm lange nach.

Innen, außen. Tag. Bauwagen von Jeffy.

Jeffy hockt auf seinem Bett. Er zieht einen verstaubten Rucksack unterm Bett hervor. Sehnsuchtsvoll riecht er am Stoff. Dann beginnt er Reiseutensilien einzupacken: Waschzeug, Handtuch, ein kleines Radio, Reisepass. Bernadette steht in einiger Entfernung in der Tür. Sie beobachtet Jeffy unbemerkt und verschwindet schließlich wortlos.

Innen. Tag. Hotel Wallmann.

Es regnet. Vor der Hoteltür stehen Bernadette und Wallmann unterm Regenschirm.

Bernadette: Wären sie nicht, wäre diese Frau hier nie aufgekreuzt.

Wallmann: Dann wäre eine andere Frau Jeffy über den Weg gelaufen.

Bernadette: Vielleicht. Aber sie könnten mir dann ja auch nicht helfen.

Bernadette bedankt sich artig mit Handschlag und eilt schirmlos durch den Regen zum Pick-Up.

Wallmann: Warten sie!

Er eilt ihr nach und drückt ihr den Regenschirm in die Hand.

Wallmann: Ich hol' ihn mir schon irgendwann wieder. Ich hol' mir ja alles wieder.

Wallmann lächelt Bernadette unmissverständlich an. Wallmann tätschelt penetrant Bernadettes Schulter. Nur einen Moment zuckt Bernadettes zurück, dann zwingt auch sie sich zu lächeln.

Außen. Tag. Tankstelle.

Es regnet. Ein Auto nähert sich. Jeffy verlässt den Verkaufsraum. Ein Herr im ausgebeulten Anzug – 50jähriger Handelsvertreter „für Bürsten jeder Art" aus dem nahen Russland – bleibt im Trocknen sitzen. Jeffy steht tankend und schon bald klatschnass im Regen. Der Vertreter kurbelt das Fenster herunter.

Handelsvertreter: Jeffy! Gut, dass es wenigstens sie in dieser Einöde hält.

Jeffy nickt nur flüchtig und betankt den Wagen.

Jeffy: Sie versorgen wohl ganz Russland mit Bürsten!?

Handelsvertreter: Ach, was glauben sie?! Vor ein paar Jahren musste es selbst zum Striegeln bestes *Frankfurter Rosshaar* sein, aber heute?! Wo steckt eigentlich diese – Bernadette?

Der Handelsvertreter lächelt süffisant. Jeffy reagiert nicht.

Handelsvertreter: Na ja. Und sie? Sie brauchen keine neuen Bürsten? Für den Abwasch, den Anzug?

Jeffy kassiert. Der Vertreter startet den blubbernden Motor.

Jeffy: Sie kommen viel herum, was?

Jeffy zögert. Dann, sehr entschlossen:

Jeffy: Nehmen sie mich mit?

Der Handelsvertreter ist völlig überrascht. Er blickt sich vergewissernd um.

Handelsvertreter: Hof, Frau, Geschäft. Sie haben, alles was man braucht?!

Jeffy lacht nur leise auf. Der Handelsvertreter schaltet den Motor ab und lehnt sich zurück.

Handelsvertreter: Ich fahre seit Jahren von Ost nach West, von West nach Ost. Die Taschen voller Bürsten und immer auf ein paar Cent hoffend. Mit der Zeit bleiben ihnen nur die billigen Hotels, irgendwann werden sie selbst billig! Seien sie froh, dass sie einen Ort haben, an dem sie zu Hause sind!

Der Handelsvertreter schüttelt wortlos den Kopf. Er startet den Motor und rast los. Jeffy trottet enttäuscht zum Verkaufsraum zurück. Plötzlich: über den Hügel der Landstraße jagen Autos heran. Jeffy lauscht amüsiert dem schnell näherkommenden Gejohle. Dann quietschen Bremsen, die Autos parken rasant ein. Johlend springen die Jugendlichen heraus. Sie drängen Jeffy gewaltsam in den Verkaufsraum und eilen hindurch ins Casino. Jeffy verriegelt die Eingangstür hinter ihnen.

Innen. Tag. Spielkasino.

Die Jugendlichen stürmen das Kasino. Jeffy versucht vergebens, sie zu hindern.

Jeffy: Ohne Bernadette geht nichts!

Die Kerle decken die Spieltische ab und schalten die Beleuchtung an. Musik wird eingespielt. Tische werden zusammengeschoben, Karten bereitgelegt und Getränke ausgegeben. Jeffy resigniert. Er lauscht dem Treiben. Die Kerle setzen sich. Plötzlich herrscht gespannte Ruhe.

Henryk: Nicht *wir* wollen spielen. Wallmann will!

Jeffy will gehen. Henryk drückt ihn unsanft auf einen Stuhl. Stumm warten alle auf Wallmann.

Außen. Tag. Tankstelle.

Gespenstige Ruhe auf dem Areal um die Tankstelle. Plötzlich ein dumpfes Dröhnen. Der Boden vibriert: Die Ölkanister neben der Tankstelle drohen erneut vom Regal zu kippen. Endlich: Über den langen, gepflasterten Weg rollen neueste Baumaschinen näher – Radlader, Planierraupen, Kräne mit Abrissbirnen. Im blitzenden Gelb, gewaltig, unaufhaltsam. Auf der ersten Maschine thront schweigend Wallmann, mit entschlossenem Blick. Bernadette eilt zwischen den Maschinen hin und her, vor und zurück. Unhörbar im Gedröhn der Motoren, beschwört sie vergebens Wallmann, zu stoppen. Die Baumaschinen rollen an der Tankstelle vor. Jeffy eilt aus dem Kellergang dem Lärm entgegen. Henryk versucht vergebens, ihn aufzuhalten. Immer wieder reißt Jeffy sich los. Wallmann stoppt mit einem Handzeichen die Maschinen. Stummes, gegenseitiges Belauern. Die Maschinen rollen langsam weiter. Nun stellt Jeffy sich ihnen in den Weg. Sie stoppen Zentimeter vor ihm.

Wallmann: Schön, dass du dir endlich Zeit für mich nimmst.

Wallmann springt vom Führerstand. Er schlägt mit einem Stein die Eingangstür ein.

Bernadette: Nein! Nicht!

Wallmann beachtet sie nicht. Er dreht von innen den Schlüssel im Schloss. Die Tür springt auf.

Wallmann: Ich mag klare Verhältnisse. Wir spielen! Um die Tankstelle! Zweitausend zu zehn Euro?

Jeffy zögert nur einen Moment.

Jeffy: Spielen wir!

Wallmann antwortet nicht. Er drängt Bernadette und Jeffy in den Verkaufsraum.

Innen. Tag. Spielkasino

Wallmann und Jeffy treten ins Kasino ein. Bernadette verbleibt an der Tür. Sofort herrscht Stille. Die Kids sitzen regungslos an den Spieltischen. Kosslowski schaltet den dumpf dröhnenden Mixer ab. Wallmann geleitet Jeffy zum Roulettetisch. Er drängt ihn auf einen Stuhl.

Wallmann: Jeffy! Das Geschäft schließen und sich einfach absetzen ist nicht! Nicht beim alten Wallmann!

Jeffy: Die gute Bernadette?! Ausgerechnet sie. Da ist sie am Ende doch noch sentimental geworden!

Jeffy lacht höhnisch auf. Bernadette steht schweigend an der Tür. Jeffy lauscht, nimmt aber nichts wahr. Wallmann drückt Jeffy Geldscheine als Startkapital in die Hand.

Wallmann: Für den Anfang. Fällt sowieso an mich zurück.

Alle setzen sich um den Roulettetisch. Bernadette nimmt leise ihren Croupier-Platz ein. Sie teilt Jetons an Wallmann und Jeffy aus.

Bernadette: Faites votre jeu!

Jeffy blickt überrascht auf: Bernadette spielt für Wallmann.

Jeffy: Du spielst auf der falschen Seite!?

Bernadette schweigt.

Jeffy: Okay! Gegen die Bank!

Schweigend setzen Jeffy und Wallmann. Bernadette rollt die Kugel, Jetons wandern hin und her. Rollende Kugeln. Schwitzende Gesichter.

Später: Unter einer Lichtglocke sitzen Wallmann, Jeffy, der Schmächtige und Bernadette um den Roulettekessel. Der hintere Raum ist verdunkelt, Jugendliche drängen näher. Immer neue Jetons wandern über den Spieltisch. Bernadette – die Bank – ramscht riesige Gewinne ein. Die Kugel rollt, das Kreuz dreht sich blitzend. Mitten im Spiel springt Jeffy auf. Er holt eine neue Flasche Whiskey. Die Roulettekugel trifft Jeffys gesetzte „13".

Bernadette: Dreiz-

Aber: Wallmann betrügt. Er greift Kugel und Spieleinsatz Jeffys und schiebt beides der Bank zu. Alle schweigen. Jeffy kehrt zurück.

Jeffy: Dreizehn?

Bernadette: Nein. Dreiundzwanzig. Die Bank gewinnt.

Jeffy pflastert wahllos Jetons auf den Spieltisch.

Später: Das Spiel geht in seine entscheidende Phase. Die Jugend-lichen stehen dicht gedrängt um den Tisch. Auch Kellner Kosslow-ski füllt die Drinks gleich am Tisch auf. Das Vermögen Berna-dettes – der Bank – schrumpft. Heimlich steckt Wallmann Ber-nadette neue Jetons zu. Jeffy bemerkt nichts. Allerdings streicht diesmal er Gewinne ein.

Jeffy: Paroli! Auf Rouge!

Die Kugel rollt und locht ein.

Bernadette: Rouge gewinnt mit 26.

Jeffy überlegt. Dann schiebt er alle Jetons aufs Tableau.

Jeffy: 26. Noir. Alles.

Bernadette schluckt. Sie zählt die Jetons auf dem Tableau, dann die verbleibenden der Bank. Sie blickt Wallmann ratsuchend an. Auch Wallmann zögert. Dann schiebt er seine letzten Jetons auf ein Carre.

Jeffy: Deine letzten?

Wallmann schweigt.

Jeffy: Und selbst die Bank ist fast pleite?!

Bernadette wirft die Kugel. Lange, sehr lange rollt sie aus. Sie trifft: 26, Noir. Schweigend. Jeffy ahnt es. Er grinst vor sich hin.

Jeffy: Tut mir leid, gute, alte Bernadette. Wie ich schon sagte: Du hast auf der falschen Seite gespielt.

Jeffy lehnt sich zurück. Er dreht den Kopf in die Runde. Schweigen.

Jeffy: Und jetzt raus hier!

Jeffy erhebt sich, aber Wallmann reißt ihn zurück.

Jeffy: Das Spiel ist aus! Das war es, Wallmann!

Wallmann: Nimm dir, was dir gehört! Nehmt euch alle, was ihm gehört!

Wallmann zerrt Flaschen aus der Bar und wirft sie den Spieler zu. Das Schweigen bricht in Gelächter aus.

Wallmann: Die Bank ist gesprengt! Darauf muss man einfach trinken.

Wallmann lässt Flaschenkorken knallen. Sekt sprudelt auf den Roulettetisch. Schlagartig bricht Chaos aus: Musik wird aufgedreht. Kerle tanzen über Tische und Stühle. Bernadette bringt Jetons und Geld in Sicherheit. Wallmann drängelt sie nach draußen. Er nimmt ihr das Geld ab. Mobiliar geht zu Bruch. Jungs und Mädchen jonglieren mit Gläsern und lassen sie fallen. Jeffy versucht hilflos, die Verwüstungen zu verhindern. Er wird beiseite gedrängt und zu Boden gestoßen. Bernadette sucht – vor Entsetzen gelähmt – Schutz in einer Ecke. An ihrem Kopf vorbei knallen Flaschen ins Regal, Spiegel zerplatzen. Bernadette flieht in panischer Angst nach draußen.

Außen. Tag. Tankstelle.

Die Jugendliche stürmen zu ihren Autos. Jeffy stellt sich ihnen in der Eingangstür entgegen. Plündernd und schlagend bricht die Meute an Jeffy vorbei. Ein Auto dreht eine letzte Runde. Mit quietschenden Bremsen rast es direkt auf die Eingangstür zu. Jeffy schreckt zurück. Die Kerle johlen. Das Auto entfernt sich. Flaschen werden geworfen. Schaufensterscheiben splittern. Andere Jugendliche toben noch immer marodierend durch die Tankstelle. Jeffy flieht zu seinem Bauwagen.

Innen. Tag. Bauwagen von Jeffy.

Jeffy reißt die Tür auf. Er langt nach seinem gepackten Rucksack. Er ramscht zusammen, was er greifen kann und verlässt den Wagen. Sorgfältig verriegelt er Fensterläden und Tür. Im Wagen wird es dunkel. Nur durch Ritzen fällt ein schmales Licht. Jeffys Schritte entfernen sich.

Außen. Tag. Tankstelle.

Letzte Jugendliche verlassen plündernd den Verkaufsraum und besteigen ihre Autos. Jeffy läuft hinüber zu Bernadettes Wohnmobil. Plötzlich verharrt er. Er lauscht den Schritten Bernadettes, die – an ihm vorbei – zu Wallmann rennt. Der verlässt gerade die Tankstelle. Seelenruhig steigt er in seinen Mercedes. Bernadette ebenfalls. Beide fahren davon. Jeffy lauscht dem Motorengeräusch, er rennt dem Mercedes nach.

Jeffy: Bernadette!!

Jeffy gibt auf, der Wagen entfernt sich schnell. Jeffy steht orientierungslos. Er irrt über den Vorplatz, findet sein Orientierungssystem und tastet sich hektisch daran entlang: Reklameaufsteller, dann die Werkstattecke, schließlich ein Lichtmast.

Plötzlich: Ein Motorrad jagt heran. An den Tanksäulen stoppt der Biker. Er durchtrennt mit seinem Navy-Messer den Tankschlauch und füllt Benzin ins Motorrad. Jeffy hastet näher.

Jeffy: Haut ab, ihr Schweine!!

Plötzlich stutzt Jeffy. Er lauscht. Der Biker steht starr, er beobachtet Jeffy. Schlagartig lässt er den Benzinschlauch fallen und rennt los. Benzin spritzt übern Boden. Der Biker springt auf sein Motorrad, startet und jagt davon. Jeffy steht allein auf dem Vorplatz. Er riecht das auslaufende Benzin zu seinen Füßen. Er erspürt mit seinen Händen das Ausmaß. An einem Öllappen wischt er sich die Hände ab. Er verharrt. In seinen Brillengläsern spiegelt sich ein erster, morgendlicher Sonnenstreif am Horizont. In diesem Moment entzündet Jeffy mit einem Feuerzeug den ölgetränkten Lappen. Er wirft ihn weit über seine Schultern zurück. Feuer flammt auf. Eine brennende Spur züngelt auf die Tankstelle zu. Explosionen und Feuer. Qualm hüllt alles ein. Jeffy rennt die Landstraße hinunter, hinüber zur Bushaltestelle.

Außen. Tag. Bushaltestelle.

Jeffy steht regungslos an der Bushaltestelle. Feuerwehren und Polizeiautos jagen heran – auch der Polski-Fiat des Dorfpolizisten. Sirenen heulen. Jeffy bleibt unbekümmert. Niemand beachtet ihn.

Er studiert aufmerksam den Fahrplanaushang. Die Einsatzfahr-zeuge rasen vorbei.

Außen. Tag. Marktplatz von Allenstein.

Auf dem Denkmalsockel vorm Rathaus steht jetzt die eiserne Büste von Kopernikus. Die Stadt liegt verlassen. Geschäfte haben geschlossen. Vor einem kleinen Straßencafe sitzen vereinzelte Gäste im letzten Sonnenlicht. Hanna blättert scheinbar interessiert in einer Zeitschrift. Sie beobachtet neugierig einen Geschäftsmann, der einem BMW-Cabriolet mit deutschem Kennzeichen entsteigt. Der Mann lässt sich am Nachbartisch nieder. Hanna versucht vergebens ein Gespräch mit ihm. Der Mann ruft gestresst nach der Bedienung und eilt ihr ins Cafehaus nach.

Hanna quittiert lächelnd die Ignoranz: Nichts anderes käme ihr gelegener. Kurz darauf sitzt sie im BMW-Cabriolet. Hanna schließt die Zündung kurz. Der BMW rast davon. Der Geschäftsmann hetzt vergebens auf der Straße seinem Auto nach.

Innen. Tag. Im BMW.

Hanna gibt Gas. Der BMW jagt über eine Landstraße aus der Stadt heraus. Hannas Hände gleiten fasziniert über das Armaturenbrett. Immer wieder vergewissert sie sich im Rückspiegel, nicht verfolgt zu werden. Plötzlich stutzt sie und dreht sich um, der Wagen schlingert: Durch das Rückfenster sieht Hanna am Horizont die dunklen Qualmwolken der brennenden Tankstelle. Nur kurz überlegt sie, dann bremst sie scharf ab, dreht um und fährt in entgegengesetzte Richtung zurück.

Außen. Tag. Bushaltestelle.

Jeffy steht an der Haltestelle. Dicke Rauchschwaden ziehen von der Tankstelle herüber. Langsam holpert der Überlandbus heran. Der Fahrer stoppt genau vor Jeffy. Die Tür öffnet sich quietschend. Jeffy tastet sich die Stufen hinauf. Der Fahrer wirft einen Blick zur brennenden Tankstelle, dann auf Jeffy. Er lächelt verschmitzt.

Fahrer: Mallorca?

Jeffy: Auch, aber später.

Jeffy tastet sich zur Rückbank hindurch. Der Fahrer dreht sich nach hinten um, um die Fahrgäste um Einverständnis zu fragen. Aber die wenigen, alten Fahrgäste — unter ihnen der alte Mann vom Anfang der Geschichte — starren nur gebannt auf das Flammeninferno. Der Fahrer winkt ab, kuppelt ein und gibt Gas. Jeffy wird in die Rückbank gedrückt. Er hält seinen Rucksack fest umklammert. Der Bus holpert los.

Außen. Tag. Tankstelle.

Der Bus fährt die Landstraße hinunter. Im selben Moment biegt das BMW-Cabriolet auf die Auffahrt: Hanna erreicht die Tankstelle. Lichterloh brennt es, immer wieder kommt es zu Explosionen. Hanna springt aus dem Wagen. Sie schützt ihr Gesicht gegen die Hitze. Hanna hetzt durch Qualmschwaden, die alles einhüllen. Immer wieder wehrt sie sich gegen Feuerwehrleute, die sie zurückdrängen. Hanna läuft dem Dorfpolizisten in die Arme. Beide erkennen sich. Hanna flieht. Ein herabstürzender brennender Balken hindert den Polizisten, ihr zu folgen. Hanna hetzt zum Bauwagen. Jeffy ist nirgends zu entdecken. Sie flüchtet sich in den BMW und fährt auf einen sicheren Abstand zur brennenden Tankstelle zurück. Sie starrt durch die Frontscheibe und brüllt gegen die Explosionen an. Geblendet duckt sie sich. Hanna beginnt leise zu schluchzen. Sie wendet den Wagen und fährt davon.

Innen, außen. Tag. Im Bus.

Der Bus holpert über die Landstraße. Durch die Rückscheibe sind die Rauchschwaden der brennenden Tankstelle zu sehen. Jeffy sitzt lächelnd. Hinter ihm auf der Straße nähert sich in rasanter Geschwindigkeit ein Auto – das BMW-Cabriolet. Eine ganze Weile fährt Hanna hinter dem Bus. In Gedanken versunken erkennt sie Jeffy hinter der Rückscheibe des Busses nicht. Hanna überholt. Jeffy dreht den Kopf und lauscht dem Motorengeräusch. Der BMW zieht vorbei und rast davon. Enttäuscht wendet Jeffy sich wieder ab.

Außen. Tag. Straßenkreuzung.

In der weitläufigen Landschaft: Zwei Landstraßen kreuzen sich. Auf dem klapprigen Holzfuhrwerk vom Anfang sitzt eine alte Bäuerin. Sie wartet im Schatten der Bäume. Der Überlandbus poltert näher und stoppt. Die Tür fliegt quietschend auf. Der alte Mann steigt zuerst aus, dreht sich um und ist Jeffy behilflich. Der Busfahrer bedankt sich mit stummem Nicken.

Fahrer: Der alte Zbygniew kennt den Weg! Ich komme nach, Jeffy! Nur noch die eine Tour, die letzte!

Er blickt – sehnsüchtig lächelnd – Jeffy nach.

Jeffy: *(grinsend)* Dass du auch immer Umwege fahren musst! Wir sehen uns auf Mallorca!

Die alte Bäuerin empfängt wortlos ihren alten Mann. Sie nimmt ihm Taschen und Kartons ab. Der Bus fährt hupend weiter und entfernt sich schnell. Jeffy lauscht dem verebbenden Geräusch nach. Auch der alte Mann und seine Bäuerin lauschen in die Ferne. In die Stille hinein:

Alter: *(leise)* Wo liegt eigentlich *Mallorca?*

Die alte Bäuerin blickt ungläubig und überlegt kurz. Dann weist sie mit einer Geste – die die weite Welt unmissverständlich weit weg sein lässt – zum Horizont. Dann zieht sie ihren Mann fort.

Bäuerin: Schwatz` nicht!

Die Bäuerin geleitet Jeffy zum Fuhrwerk. Der raunt dem alten Zbygniew zu.

Jeffy: Ich denke, du kennst den Weg?!

Der Alte drängt Jeffy wortlos auf den Wagen. So, eingekeilt zwischen Bäuerin und Bauer, rumpelt Jeffy auf dem Fuhrwerk davon.

Jeffy: Der nächste Bahnhof tut's ja auch.

Auf der Landstraße jagt Feli, der Hund, dem Fuhrwerk nach. Im Hintergrund – weit am Horizont – brennt die alte Tankstelle nieder.

Ende.

Das Drehbuch (Arbeitstitel: *Blind Date*)
wurde für diese Veröffentlichung
geringfügig bearbeitet.

Alle Ähnlichkeiten mit lebenden Personen,
Vorgängen oder Situationen sind zufällig
und nicht beabsichtigt.